SE VOCÊ PUDESSE LER MINHA MENTE
UM ROMANCE DE NICHOLAS TURNER

POR

T. M. BILDERBACK

TRADUZIDO POR

STEPHANIE LUONGO

Copyright © 2009 by T. M. Bilderback

Para Stephanie, meu pequeno anjo.

Capitulo 1

Que inferno? Pensou Nicholas Turner.

Algo o acordou, pois ele estava olhando para o teto. Aliás, o mesmo precisava de pintura. Já fazia tempo que o teto pedia uma pintura, porém se fosse esperar que ele o fizesse, iria esperar muito ainda. Sua vida já estava suficientemente difícil sem pintura, e cores não faziam parte de seu humor ultimamente. A poeira, teias de aranha e manchas de mofo, esses sim, refletiam mais o seu humor, e pronto. Ele estava deitado de costas, a mesma posição a qual tinha desmaiado.

Pelo menos, não tinha derramado Bourbon sobre si mesmo- não havia mais nada na garrafa quando a deixou cair.

Sentia como se a Terceira Infantaria passasse pela sua cabeça.

Por que faço isso? Ele pensou consigo mesmo. *Eu sei como vou me sentir depois, então por que faço isso?*

Claro, ele sabia o porquê. E ultimamente, as bebedeiras se tornaram menos frequentes e distantes entre si, então devem estar ficando menos dolorosas.

Ceeeerto....

Há doze anos, Nicholas Turner se tornara um policial, e um dos bons. Tinha sido promovido a Detetive- o mais jovem na força a ser promovido tão rapidamente, tinha uma carreira promissora a sua frente. Era casado com o amor de sua vida, Jane, havia um ano e meio, e se sentia no topo do mundo.

Dois meses após sua promoção, ao voltar para casa se deparou com velas enfeitando a mesa de jantar, e Jane estava na cozinha, preparando seu prato predileto com um sorriso no rosto.

"O que foi benzinho?" ele disse vindo por trás dela e cheirando as costas de seu pescoço. "Você esvaziou a conta de novo?"

Ela se virou em direção a ele e o empurrou. "Você saberá, Senhor Detetive. Agora, vá trocar de roupas e se lave para o jantar."

Após o jantar, Nicholas colocando o guardanapo sobre a mesa, disse "Tudo bem, o que está havendo?".

Jane sorriu. "Como se sente sendo um pai?"

"Bem, eu sei que conversamos sobre isso, e..." A ficha então caiu. "Você está grávida?"

Ela assentiu com a cabeça, sorrindo.

Ele não conseguia tirar o sorriso do rosto. Foi até ela, pegou-a em seus braços e a beijou. E então, a segurou perto por mais um minuto e a beijou mais uma vez. Teve uma ideia maliciosa.

Com uma falsa seriedade, olhou dentro dos olhos dela e disse, "Tem certeza de que é meu".

Ela jogou o guardanapo nele.

Mais tarde, na cama, ele perguntou de quanto tempo ela estava grávida.

"O médico disse que eu devo estar de cerca de dois meses. Só teremos sete meses para transformar o quarto de hospede em um quarto de bebê."

Os quatro meses seguintes foram os mais felizes de suas vidas. Arrumaram o quarto do bebê da melhor forma que puderam, sem saber se seria uma menina ou um menino. A maior parte da casa foi protegida à prova de crianças. Deram a noticia a ambos os casais de sogros, e à Melissa, irmã de Nicholas. Ele convidou seu melhor amigo, Marcus Moore o qual tinha ido para o FBI após terem se formado juntos, para ser o padrinho do bebê. E escolheram os nomes finais-Stephen Nicholas se fosse menino e Madeline Louise se fosse menina.

Na segunda semana do sexto mês de gravidez, Jane sofrera um aborto. Nicholas estava em missão, e recebeu a mensagem enquanto trabalhava. Quando chegou ao hospital, o aborto já havia ocorrido. O medico o encontrou na sala de espera com mais noticias ruins.

O bebê não resistiria mesmo se tivesse chegado até o fim da gravidez. Jane tinha câncer de ovário, e era uma cepa virulenta que crescia rapidamente. Ela não sairia do hospital e acabou morrendo três semanas mais tarde.

Nicholas estava devastado. Após o funeral, Melissa queria levá-lo para a casa dela para que passasse alguns dias, mas ele recusou. Marcus também lhe ofereceu companhia por algum tempo, porém mais uma vez, ele declinou. Foi sozinho para casa.

Lá dentro, foi até o bar, pegou uma garrafa de Jack Daniels, e se dirigiu ao quarto do bebê. Sentou-se na cadeira de balanço que nunca embalaria o sono do seu bebê e ao lado do berço que nunca seria usado, e bebeu até ficar inconsciente, com lagrimas rolando pela face. Fico assim durante três dias, bêbado e chorando, alternadamente entre o quarto da criança e o quarto que costumava ser dele e de Jane.

No quarto dia, ainda sentindo os efeitos da bebedeira, voltou ao trabalho. Todo policial na força ofereceu-lhe as condolências. Agradecera a todos e sentou-se em sua escrivaninha. Conforme revisava os casos, dava um rápido gole no frasco que havia trazido de casa. De vez em quando, escrevia algo nos dossiês, ou fazia um telefonema de acompanhamento.

Vários policiais que trabalhavam com ele percebiam o que estava fazendo, porém o sentimento geral era de que Nicholas sairia dessa em breve.

Após uma semana de trabalho de mesa, foi chamado para um caso. Dois policiais haviam respondido a um chamado de violência domestica, e Nicholas tinha sido escalado para liderar o caso. Quando chegou à cena, uma mulher havia sido agredida severamente pelo seu namorado. O filho dela de seis meses também tinha dois grandes hematomas no rosto.

A mulher contou a Nicholas que o namorado era o pai do menino. Ele tinha bebido e começou a ficar cada vez mais agressivo enquanto bebia. Quando o filho acordou da soneca e começou a chorar, o namorado esbofeteou o menino duas vezes antes que ela pudesse interferir. Quando ela se colocou entre os dois, ele começou a esmurrá-la, e então foi embora.

Nicholas perguntou onde poderia encontrá-lo. A mulher disse o nome de um bar local e lhe deu uma descrição.

Disse a um dos policiais que ficasse com a mulher e a levasse onde quer que desejasse, e seguiu para o bar junto com o outro policial.

O dito namorado estava sentado no bar, bebendo. Nicholas se aproximou dele, mostrou a credencial, e lhe deu ordem de prisão. Conforme o algemava, atestava seus direitos. O homem sorria discretamente.

"Vadia, ela teve o que mereceu," ele disse.

Nicholas e o outro policial retiraram o homem do bar.

"Deveria ter batido mais," o homem disse, conforme era levado. "Maldito pirralho tem que aprender quem é o homem da casa. Deveria ter afogado esse merdinha quando nasceu. Ele e a vadia da mãe dele!"

Enquanto discursava, Nicholas nada disse. Porém, ao invés de conduzir o homem ao carro de patrulha, continuou caminhando para dentro do corredor ao lado do bar.

"Para aonde está me levando, seu porco?" o homem indagou.

Nicholas empurrou o homem com toda a força contra a parede de tijolos do bar, cortando seus comentários no meio da frase. E então, começou a esmurrá-lo sistematicamente, alternando entre o rosto, estomago e rins. Só parou quando o outro oficial o segurou. O homem desmaiou sobre o chão, estava sangrando e inconsciente.

A reunião com o chefe de detetives fora curta.

"Turner, você tem sorte. O colega policial contou que o homem tentou resistir violentamente à prisão, de modo que a historia é de dois contra um. Porém, eu não posso admitir esse tipo de comportamento entre meus detetives." O chefe tirou os óculos e olhou para Nicholas. "Mas nós dois sabemos que as circunstancias do caso te deixaram revoltado devido à tragédia que lhe ocorreu. Meu Deus, Turner, você quase matou aquele homem!"

Ele pausou. "Meus próximos poucos comentários são entre mim e você, discretamente. Eu não o culpo pelo que fez. O cara era um lixo e mereceu, entretanto a punição aplicável ao seu caso vai além de tudo o que acredito, porém, não tenho outra escolha- a decisão veio lá de cima." Colocou os óculos de volta e encarou Nicholas. "Detetive Turner, você entregará sua credencial e arma a mim, imediatamente. Você tem as opções de renunciar ao cargo ou reincidi-lo, porém por enquanto, não faz mais parte desta força policial."

Nicholas optou por renunciar.

Após deixar a sede da polícia, parou em uma loja de bebidas e lentamente começou a tentar se embebedar até a morte.

Encarando uma vida sem dinheiro, uma conta poupança vazia devido aos gastos com médicos e funeral, e a cabeça completamente encharcada por álcool, Nicholas negligenciou os pagamentos da hipoteca e perdeu a casa.

Ele acabou na porta de sua irmã com duas malas e uma caixa de papelão com algumas poucas coisas pelas quais tinha apreço. Melissa o aceitou, entretanto o abrigo viria com um preço.

"Nicky, estou preocupada com você," ela lhe disse, conforme iam se sentando à mesa da cozinha. "Eu quero meu irmão de volta. Conversei com papai e mamãe e também com Marcus. Mamãe e papai estão muito preocupados e Marcus deseja ajudá-lo a colocar algum sentido em sua vida. Você não pode continuar deste jeito. Você não trará Jane nem o bebê de volta tentando tirar a própria vida- eles não voltarão. Tudo que você está fazendo, neste momento, é ferindo a todos nós."

Nicholas olhava fixamente para a mesa. Não fez comentário algum, porém Melissa sentia que as palavras dela surtiam efeito sobre ele.

"Marcus deu duas sugestões," ela continuou. "Com sua experiência na policia, ele acredita que consegue colocá-lo em uma nova empresa de segurança na qual o governo está ligado no momento- Eu acho que o nome da empresa é Justice Security. Marcus disse que o homem que a dirige, Joey Justice, é uma pessoa decente e sabe o que está fazendo."

"A outra sugestão é a que você trabalhe para si mesmo como investigador particular licenciado. Se for particular, Marcus disse que trabalhará para você mesmo e somente em casos que queira aceitar. Ele acredita que possa mandar alguns casos que goste se aceitar esta opção."

Nicholas não fez nenhum sinal, mas lagrimas rolavam em seu rosto. Melissa segurou sua mão.

"Nicky, eu te amo. Não importa o que escolha, você pode ficar aqui até que consiga se restabelecer. Mas, Nicky, você deve escolher a vida! Não quero perdê-lo, e me entristece vê-lo assim."

"Eu também te amo, Lis," ele disse. Ele se aproximou dela abraçando-a fortemente e começou a chorar entre seus cabelos. Ela o abraçou de volta, e permaneceram assim por algum tempo.

Nicholas pegou alguns dias e pensou sobre as duas sugestões. Conversou com Marcus, e este marcou um encontro com Joey Justice para uma conversa. O trabalho mencionado por Justice se tratava essencialmente de um cargo a nível iniciante.

"Porém somente até que me mostre que consegue manter-se bem o suficiente para lhe passarmos mais responsabilidade," Justice lhe disse. "Não posso justificar confiança em você lhe passando um caso de alta repercussão até que eu esteja convencido de que não perderá o controle sob pressão. Alguns de nossos clientes requerem pessoas que consigam lidar com altos níveis de stress, e que estejam sob controle o tempo todo. Não é nada pessoal, Mr.Turner. Este é o meu negócio, e talvez minha vida, que eu esteja lhe confiando. E até que me mostre que consegue gerenciar isso, suas missões serão extremamente básicas."

Nicholas gostou do homem, porém o orgulho não permitiria que aceitasse um cargo de iniciante, embora o salário fosse o mesmo de quando ainda era um policial. Ele queria ser seu próprio chefe, mesmo sabendo que as prospecções de renda eram limitadas em relação aos clientes que atrairia.

Tornou-se um investigador particular licenciado. Achou espaço para um escritório e o mobiliou, com a ajuda de Melissa.

Marcus cumpriu sua palavra. Ajudou Nicholas a conseguir um contrato com o FBI para realizar verificação de antecedentes não classificados. Nicholas assinou contrato com duas companhias de segurança para investigar alegações questionáveis.

Durante alguns anos, ele pôde auxiliar várias investigações policiais, e duas delas se tratavam de casos de alta repercussão envolvendo crianças desaparecidas. Joey Justice o chamou e lhe ofereceu um cargo de alto nível na companhia de segurança. Nicholas educadamente recusou a oferta de Justice.

Ele mudou os escritórios para um prédio maior, e o lugar tinha um quarto com banheiro completo, cozinha e bastante espaço para moveis. Decidiu morar lá ao invés de alugar um apartamento ou tentar a compra de outra casa. Deu-se conta que já pagava um aluguem para o escritório, e assim economizaria dinheiro. O que ele mais gostara no novo espaço, embora não tenha dito a Melissa ou Marcus, era o vidro fosco na porta do escritório. Gostava, pois sentia como se estivesse vivendo os filmes em branco preto dos anos quarenta. Humphrey Bogart , veja. Ele pagou duzentos dólares para ver seu nome pintado discretamente sobre o vidro.

Era um sucesso como investigador particular.

E também tinha bebedeiras semanais.

As bebedeiras supostamente o ajudariam a esquecer de Jane e o bebê, porém a realidade era que elas o faziam lembrar-se de tudo. Algo surgia em sua mente provocando as lembranças e isso acabaria na bebida. Ele sentia um vazio no coração que nunca conseguiria preencher, e as bebedeiras nunca o fizeram sentir-se melhor.

Conforme o tempo passava, entretanto, ele sentia que as lembranças não causavam o mesmo efeito. E as bebida passou a fazer de sua vida a cada duas semanas, e então duas vezes ao mês e, finalmente, apenas ocasionalmente, principalmente quando um caso envolvesse violência domestica grave. Ele nunca conseguiu entender a mentalidade das pessoas que machucavam aqueles a quem amava.

Seu último caso envolvera o sequestro de cônjuge sem custódia. O pai sequestrara sua filha de cinco anos e fugiu para outro estado. Como estavam envolvidas fronteiras estaduais, o FBI foi chamado e Marcus fora o agente do caso. Quando Nicholas encontrou o pai, ele avisou Marcus. Porém, antes que Marcus pudesse chegar, o pai, usando a criança como escudo, acidentalmente atirou nela. Nicholas invadiu a casa e atirou três vezes contra o homem e levou a menina ferida até o hospital mais próximo. A garota sobreviveu, mas foi por muito um triz.

Quando Nicholas voltou para casa, na noite anterior, ele começou a beber.

Mas que diabo o havia acordado essa manhã?

Nicholas olhou ao redor da sala, ainda meio sonolento. Havia uma garotinha parada à porta do escritório.

Ela tinha cerca de dez anos, vestia jeans, um pulôver rosa sem manga e tênis. Tinha cabelos castanhos na altura do ombro e olhos azuis, seu rosto era lindo. Ela sorriu para Nicholas, mexeu os dedos em onda e apontou em direção ao escritório.

"Bem, oi querida," disse Nicholas. "Como você entrou aqui? Como se chama?"

Ela não disse nada, apontando novamente para o escritório.

"Ok, querida, me dê só um minuto," ele disse. Esfregou sua mão no rosto, e então se sentou. Quando se virou em direção à garotinha, ela havia sumido.

"Querida?" Ele se levantou e foi em direção ao escritório. "Para aonde você foi, docinho? Onde estão seus pais?"

Quando ele chegou ao escritório, a garotinha não estava lá. Olhou embaixo da mesa, ao redor dos armários, até mesmo atrás da figueira, mas não a encontrou. Verificou a porta do escritório, porém estava bem trancada, e a trava precisava de uma chave para abrir ou fechar.

"O que foi essa maluquice?" Ele resmungou consigo mesmo. A garota havia simplesmente desaparecido.

Ele permaneceu parado com as mãos na cintura no meio do escritório, imaginando se o álcool não lhe havia causado DTs, quando de repente alguém bateu à porta. Assustou-se a tal ponto que agarrou a arma que normalmente fica em sua cintura. Ele se conteve e riu um pouco. Devia ser a garotinha.

Quando destravou e abriu a porta, ele disse, "Eu pensei que você tivesse ido...". Ele parou, pois não era a garotinha. Era uma mulher, para Nicholas era uma das mulheres mais atraentes que já tinha visto. Tinha cerca de um e setenta de altura, cabelos louros e longos e olhos grandes e castanhos. Era magra, mas não magérrima. Seus olhos estavam inchados, talvez devido a choro ou a uma noite mal dormida, ela tinha lábios carnudos e delineados. Talvez estivesse perto dos trinta anos de idade.

"Desculpe-me?" ela disse.

"Perdoe-me," ele disse. "Estava falando comigo mesmo. Mau hábito. Por favor, entre, Senhorita...?"

"Richardson. Meredith Richardson." Ela entrou no escritório. "Estou procurando por Nicholas Turner."

"Sou eu. Ou o que sobrou de mim. Por favor, perdoe minha aparência. Eu encerrei um caso ontem e fui para a cama muito tarde." Ele fechou a porta e a conduziu até a cadeira ao lado de sua mesa de trabalho.

"O caso envolvia uma fábrica de uísque, Mr. Turner?"

Ele estremeceu com a remarca. "Foi um caso difícil, e eu precisava dar uma relaxada. Eu não tive tempo de tomar uma ducha e eu me desculpo por isso."

Ela o fitou e assentiu com a cabeça. "Entendido. Você foi indicado a mim por um agente do FBI o qual é seu conhecido. O nome dele é Marcus Moore. Ele disse que talvez estivesse.. indisposto ..esta manhã, pelo que vejo ele estava certo."

"Sim, senhora. Marcus é o meu melhor amigo. Ele me conhece muito bem."

"Você sabe quem eu sou, Sr. Turner? Talvez tenha ouvido a minha história nos noticiários noturnos, ou tenha lido nos jornais?"

"Não, não ouvi, nem li. Estive fora da cidade por vários dias, e ainda não me interei das noticias locais."

Meredith respirou fundo. "Há três dias, minha filha estava voltando da casa de um amigo. A casa dele fica a três portas da nossa casa, em um bairro muito bom. Ela foi raptada, em plena luz do dia, entre a casa dele e a minha."

Nicholas assentiu com a cabeça. "Continue."

"quando eu liguei para a polícia, eles emitiram um alerta Âmbar, porém não houve resultados. Houve várias aparições falsas, nenhuma que conduzisse a uma pista real. Eu liguei para o FBI ontem à noite e pedi ajuda. O agente Moore veio até minha casa e disse que como existe a possibilidade de ela ter cruzado as fronteiras do estado após todos este tempo, o FBI assumiria o caso."

"Espere ai. Você ligou para o FBI? Não para a polícia?"

"Sim. Algum problema?"

"Não. É que não é muito comum. Normalmente, em caso de rapto de criança, o FBI é imediatamente notificado pela polícia."

Meredith balançou a cabeça. "Eu não sabia disso, Sr. Turner. A única coisa que sei é que quero minha filha de volta, e eu pedirei toda ajuda que puder. E estou com meu estado emocional destruído desde o desaparecimento dela, e achei que a polícia não faria nada para encontrá-la. O Agente Moore me disse que você tem muito sucesso com casos como o meu. Disse também que você teria um sexto sentido quando se trata de encontrar crianças desaparecidas. Além disso, falou que como investigador particular teria vantagens às quais oficiais da lei não teriam, pois não precisa ser um defensor dos direitos Constitucionais."

"Senhora Richardson, não entendo de sexto sentido, porém tenho tido muita sorte. Até mesmo violei certas leis em alguns destes casos. Preocupo-me muito com crianças, e sinto que qualquer coisa que eu faça para ajudá-las representa um preço baixo a pagar."

Ela olhou para a sua bolsa. "Sr. Turner, minha filha só tem nove anos. Ou ela está sozinha ou com estranhos que podem machucá-la. Ela está com medo, sozinha e confusa e estou desesperada por ela." Uma lagrima rolou pelo seu rosto. "Eu pagarei o quanto me pedir. Por favor, me ajude a encontrar a minha filha."

Enquanto dava a caixa de lenços a ela, ele pensou na pequena visitante de mais cedo.

"Você tem um fotografia de sua filha com você?"

"Claro."

Ela abriu a bolsa, puxou uma foto instantânea de 4x6 e passou a ele por cima da mesa.

"Essa foto foi tirada há duas semanas quando Karen e eu estávamos no parque."

A fotografia mostrava um close da menininha sentada no balanço, olhando para a câmera por cima de seus ombros. Ela era muito bonita, ela não parecia em nada com a garotinha que estivera mais cedo em seu escritório, e ele estava aliviado. Ele não conseguia explicar, mas esperava que o alívio não transparecesse em seu rosto. Agora, tinha de focar no caso e não em alucinações.

"Posso ficar com ela?"

Meredith assentiu. "Isso significa que me ajudará Sr. Turner?"

"Provavelmente, entretanto tenho várias perguntas, e teremos que discutir a minha taxa."

"Dinheiro não será um problema. Não sou rica, mas poderei pagar uma quantia razoável."

Nicholas assentiu pegando um caderno e caneta.

"Fale-me sobre o pai da menina."

"Meu marido morreu há cinco anos. E o nome de minha filha é Karen, Sr. Turner."

Ele sorriu. "Karen é. O que ela estava vestindo quando desapareceu?"

"Jeans, uma camiseta branca e Reeboks rosa. Ela também usava um moletom com capuz ."

Ele fez anotações. "A que horas ela desapareceu?"

"Entre três e três e meia da tarde de sábado."

"Você estava em casa ou no trabalho?"

"Eu sou uma artista razoavelmente bem sucedida, e trabalho em casa."

"Que tipo de artista?"

"Eu pinto, e tenho contrato com agências de publicidade para as quais forneço a arte de comerciais publicitários. Também pinto retratos para clientes individuais além de pintar sobre outros vários assuntos para meu próprio prazer."

"Você se reúne com seus clientes em casa ou em outro local?"

"Ambos."

"Então eu precisarei de uma lista de seus clientes com no mínimo um ano."

"Por que você precisaria disso?"

"No momento, Senhora Richardson, todos são suspeitos. Sua filha pode ter sido raptada por um cliente recente ou antigo, por dinheiro ou por outros propósitos."

"Você está insinuando que um dos meus clientes possa ser um pedófilo?"

"Eu não sei. A possibilidade existe, pois o mundo está repleto de gente maluca. Eu acredito que as chances são baixas de que o sequestrador seja um de seus clientes, entretanto não posso descartar a possibilidade. Estou entrando nessa situação de supetão e após três dias. Tenho de considerar tudo. Isso incluirá perguntas bastante intrusivas tanto a você quanto às pessoas as quais conhece, profissional ou particularmente. Simplesmente não há outra maneira de se investigar um caso como esse. Prefiro pisar em alguns dedões a correr o risco de machucar essa menina. Espero que compreenda, pois não posso investigar de outra forma."

Ela refletiu por um momento. "Você está certo, claro. Eu providenciarei a lista esta tarde. Por favor, perdoe-me Sr. Turner. Eu não consigo pensar direito no momento."

Nicholas sorriu para ela. "Você está aguentando mais que a maioria de meus clientes, senhora Richardson. Eu admiro sua força, pois será de grande ajuda para mim." Ele verificou seu caderno de anotações. "Certo, voltemos às perguntas. E quanto a namorados? Você tem um?"

"Não. Já não saio com alguém há algum tempo- bem, acho que há mais de um ano. Os homens tendem a perder o interesse quando descobrem que se tem um filho."

"Nem todos. E quanto a contatos sociais? Amigos, conhecidos?"

"Eu tenho duas amigas próximas e ambas são mulheres. Elas me ajudam muito. Além delas, não me relaciono com mais ninguém. Acho que não tenho tempo. Ser mãe solteira consome muito mais tempo do que as pessoas imaginam."

"Eu entendo. Eu lerei os relatórios mais tarde, claro, porém algum de seus vizinhos notou algo no momento em que sua filha desapareceu?"

"Não, nada. Nossa vizinhança é bem calma. A maioria de nós mora lá há anos, e temos uma patrulha policial que faz ronda na área bastante regularmente."

Nicholas olhou novamente suas anotações. "Bem, essas são as perguntas que tenho por agora." Ele abriu a gaveta da escrivaninha e retirou alguns papéis.

"Esse é um contrato padrão para meus serviços. Eu cobro duzentos e cinquenta dólares por dia, mais despesas. Assim que eu assumo o caso, eu investigo da minha própria maneira e lhe dou um relatório quando tenho algo a reportar. Não tolero clientes que interferem na investigação. Eu abandonei investigações devido à interferência de clientes, pois em casos com crianças como esse, eu sempre farei meu trabalho focado nos melhores interesses, colocando a criança em primeiro lugar. Isso não sempre agrada ao cliente, pois eu não me importo se eu alguém se sente incomodado ou irritado. É claro que se o cliente não está feliz, ele também pode me dispensar e eu enviarei uma conta com as taxas do tempo em que permaneci no caso. Também peço uma procuração limitada que me dê poderes para tomar decisões pela proteção da criança. Eu faço isso pela mesma razão, pois normalmente os pais têm dificuldade em tomar tais decisões. Além disso, me dá poderes para tomar decisões sobre cuidados médicos caso a criança precise. Pois muitos casos são rápidos, e isso, infelizmente, é necessário caso a criança esteja machucada." Seus pensamentos se voltaram brevemente ao caso anterior. "Acontece com maior frequência do que eu gostaria. Essa é uma das qualidades mais perturbadoras de meu trabalho." Ele deu uma pausa. "Essa procuração somente me garante a custódia temporária de Karen, senhora Richardson, até a solução do caso. Isso significa que a policia terá que me incluir em todas as facetas da investigação. Às vezes, a polícia se ressente com o que chama de interferência por investigador particular. Com esse documento em mãos, podem não gostar disso, porém não terão outra escolha. Tem alguma dúvida?"

Meredith leu todo o contrato e a procuração, então o fitou.

"Você é muito sério em relação a seu trabalho, não é mesmo?"

Ele assentiu. "Extremamente sério. As crianças, para mim, são o bem mais precioso deste mundo, e eu sempre colocarei o interesse delas em primeiro plano."

Ela o olhos nos olhos e se sentiu mais confortada e confiante. "Sr. Turner, se você preencher esses formulários, eu os assino imediatamente."

Ele podia sentir o olhar dela sobre ele enquanto escrevia, e admirou-se pelo fato de que ele estava gostando disso. Gostaria de estar com melhor aparência, pois ele sentia que estava se parecendo com um mendigo. Sua nova cliente era forte, uma mulher inteligente e que o fez lembra-se de Janey, porém de uma forma boa.

Assim que Meredith assinou os formulários, ele lhe deu as cópias e a levou até a porta.

"Vou me arrumar um pouco, Senhora Richardson, e então irei até sua casa. Precisarei daquela lista de clientes e falarei com Marcus. Entretanto, iniciarei imediatamente as buscas por Karen."

"Tudo estará pronto, Sr.Turner. E a policia se instalou em minha casa de modo que você poderá conversar com eles ao chegar." Ela se virou e o olhou. "Por favor, encontre-a. Ela é a minha vida."

"Eu farei o meu melhor. Eu lhe prometo isso."

Ela virou-se e foi embora.

"Uma última pergunta, Senhora Richardson. Você veio aqui sozinha?"

Ela o fitou de maneira estranha. "Sim, por quê?"

Ele balançou a cabeça. "Não é nada. Vejo você esta tarde."

Ela assentiu e partiu, Nicholas fechou a porta do escritório atrás dela.

Conforme andava até o banheiro para se lavar, ele se deparou pensando na pequena visitante daquela manhã. Era estranho que algo o acordara bem no momento em que encontraria com Meredith. Se não tivesse acordado naquele momento, nunca escutaria as batidas na porta. Ele realmente vira uma criança no escritório ou estava ficando finalmente louco?

Decidiu que não se importaria com aquilo.

Capitulo 2

Nicholas não conseguia tirar da cabeça a garotinha do escritório. Conforme dirigia para o endereço de Meredith, ele pensava no que tinha visto. Ela parecia dizer-lhe para ir até o escritório....pois Meredith estava chegando. Porém se esse fosse o caso, para aonde ela teria ido? Ela não veio com Meredith e não estava no escritório... ?

"Esqueça", Nicholas, ele disse a si mesmo. *"Você está aqui".*

Ele virou na rua de Meredith. Ela estava certa- a rua ficava em um bairro calmo e em sua maior parte elegante. Não era um bairro rico, porém a renda das pessoas estaria perto de seis dígitos.

Ela passou de carro em frente à casa em que Karen havia desaparecido e prestou bem atenção à distancia entre aquela casa e a casa de Richardson. Havia algumas majestosas e velhas arvores de bordo onde qualquer pessoa poderia se esconder atrás, mas onde estacionariam um carro de fuga? Não havia uma intersecção e alguém teria notado um carro saindo até a esquina em alta velocidade.

Ele entrou na garagem de Meredith e estacionou o carro. Olhando ao redor, ele avistou o carro que seria de Meredith, um híbrido pequeno. Ele conseguia enxergar o para-choque de outro carro parado sobre a grama no quintal- seria de Marcus ou dos oficiais de policia, que haviam estacionado desta forma para não serem vistos caso os sequestradores estivessem olhando. Havia um salgueiro chorão no jardim frontal e um caminho de concreto que ligava a garagem à porta da frente. Na porta havia uma bicicleta de menina com fitas cor de rosa penduradas nos guidões e um assento de banana. Ele se surpreendera com isso, não sabia que ainda existiam assentos de banana. Ele bateu na porta da frente.

Marcus atendeu. Ele aparentava quase tão rude quanto Nicholas mais cedo, porém seu terno feito à medida ainda estava impecável e sem rugas. Eles apertaram as mãos.

"Já deveria estar aqui, amigão," disse Marcus. "Tenho algumas coisas rápidas a lhe dizer antes de entrarmos. Não haverá qualquer precipitação sobre o tiro contra o pai da menina na noite passada- Eu esclareci tudo isso com o departamento policial chiclete local. Outra coisa é que a garotinha voltará para casa nessa Sexta."

"São ótimas noticias! Como a mãe está lidando com tudo isso?"

"Como se você fosse o Arcanjo Miguel cavalgando para a batalha. Eu acho que não terá problemas em receber seus honorários."

"Obrigada por isso, Marcus. E obrigada por me indicar à Meredith. Eu só espero obter boa sorte com isso."

"Bem, se alguém puder este alguém será você."

"Olha, algo estranho aconteceu essa manhã. Eu gostaria de conversar com você a respeito se tiver algum tempo."

"Certamente. Agora venha conhecer os policias no comando."

Os dois entraram na sala de espera de Meredith. Era bem mobiliada com uma arvore verdadeira no hall perto da porta de entrada. A sala de estar ficava à esquerda. Essa também era bem mobiliada, mas de maneira confortável. Parecia uma sala para se viver dentro. à direita havia uma biblioteca com livros em prateleiras do chão ao teto, e um piano de cauda pequeno no centro da sala. Mais abaixo do lado esquerdo era o estúdio de Meredith. Nicholas vislumbrou pinturas em telas e podia ver que eram muito boas. Em frente ao estúdio estava a escada que levava ao segundo andar da casa , e ao final da sala de espera estava a cozinha e a copa.

Os oficiais de policia haviam organizado um escritório em campo na área da copa. Três homens estavam sentados à espaçosa mesa de jantar. Equipamentos eletrônicos espalhados por todo lado. Três homens estavam sentados à mesa. Um deles era um oficial conhecido de Nicholas dos tempos do departamento policial, porém Nicholas por um momento, não se lembrava bem do nome dele. Os outros dois homens eram técnicos civis com os quais ele havia trabalhado em um antigo departamento.

"Nicholas Turner, Gostaria que conhecesse o Detetive George Parker. Ele está no comando do caso desde o inicio," disse Marcus.

Nicholas apertou as mãos do oficial. "Prazer em conhecê-lo, Parker. Eu me lembro de ter visto você pelo departamento quando eu trabalhava lá."

"Eu também, Turner. Bom te ver."

"E você já conhece os técnicos," disse Marcus.

"Certamente. Mickey Hickerson e Ronnie Latimer. Como estão rapazes?" disse Nicholas.

Trocaram brincadeiras.

"Ok, pessoal, aqui está o que eu preciso com rapidez," disse Nicholas. "Preciso da pasta completa do caso juntamente com listas e transcritos das pessoas que já foram interrogadas."

"Temos tudo isso aqui," disse Parker, com leve desdém. "Você terá acesso."

"Além disso, preciso de um resumo do que está sendo feito agora."

Marcus disse, "Temos instalações técnicas completas, Nicky. A Sra. Richardson tem duas linhas fixas já instaladas, e temos equipamentos de rastreamento e derivação acoplados a ambas. Também temos equipamento de rastreamento e triangulação caso ela recebe um telefone em seu celular. Ela mencionou que os sequestradores ligaram?".

"Não, ela não disse. Quando foi isso?"

"Ocorreu no primeiro dia," disse Marcus. "A chamada veio antes que o equipamento pudesse ser totalmente instalado, entretanto a companhia telefônica conseguiu a localização mesmo assim. Foi realizada de um telefone pago nas docas. Claro que ninguém viu nada, como sempre."

"O que eles disseram no telefonema?" Nicholas perguntou a Parker.

"Está tudo na pasta."

Nicholas olhou para Marcus.

"Disseram que a menina estava bem e que ligariam para dar instruções," respondeu Marcus.

"Parker, quanto tempo levou para chegar depois do telefonema da Sra. Richardson para o departamento?" perguntou Nicholas.

"Está tudo na pasta, Turner. A informação está lá."

Nicholas virou e encarou o detetive e perguntou num tom baixo de voz, "Detetive Parker, você tem algum problema comigo?"

"Já que tocou no assunto, eu tenho sim," disse Parker. "Há dez anos, você se livrou por ter espancado um suspeito subjugado e desarmado e quase o matou, isso porque você é um bêbado. A única razão pela qual você está aqui é porque a porra do FBI assumiu algo que se tratava de um caso local e seu amigo imbecil insiste que o tratemos como se fosse ainda um policial. Claro, você já teve sorte com alguns casos de alto perfil pelos quais deve ter usado meios escusos apenas para conseguir dinheiro, mas eu ainda acho que continua sendo um bêbado! Um idiota acabado e fracassado e que precisa que a merda dos Feds interfira por ele!"

"Não, Detetive Parker. O Sr. Turner não precisa que o FBI interfira por ele," disse Meredith entrando na sala. "Ele tem a mim para isso. Posso lhe assegurar que ele "não uso meios escusos" para entrar no caso de sequestro da minha filha. Também posso lhe garantir que o Sr. Turner está longe de ser um idiota assim como você está longe de ser um oficial competente. Se você tivesse feito seu trabalho adequadamente desde o inicio, a presença de Sr. Turner não seria necessária." Ela se virou para o Marcus. "Uma pergunta, Agente Moore: É procedimento adequado que a polícia notifique imediatamente o FBI em casos de desaparecimento de criança?"

"Normalmente sim, Sra. Richardson."

Ela se voltou novamente para Parker. "Pode me dar um motivo válido do porque isso não foi feito, Detetive Parker? 'Marcar com xixi' o seu território é mais importante do que a vida de uma menina de nove anos?"

Parker se sentiu subjugado e gaguejou, "Bem, não senhora....mas é assim..."

"Não, Detetive Parker. Sua incompetência negligenciou gravemente a recuperação e a segurança de minha filha. Isso é algo que a sua arrogância e prepotência não mudarão nem silenciarão." Ela se virou para o Marcus. "Estou correta em presumir que agora você está no comando desta investigação, Agente Moore?"

"Sim, senhora. O Bureau assumiu o total controle do caso."

"Em sua opinião, o Sr. Turner é a minha maior esperança de recuperar minha filha em segurança e trazê-la de volta para casa?"

"Com a assistência e a liderança total do Bureau, sim. Eu acredito piamente nisso."

Ela se virou para Parker. "Detetive Parker, seus serviços não são mais desejados ou requeridos. Quero que saia da minha casa imediatamente. Pedirei ao Agente Moore para que se encontre com o Chefe de Policia para discutirem sobre sua conduta e eu darei suporte a qualquer investigação ligada ao seu desempenho aqui."

"Mas, Sra. Richardson..."

"Agora, Detetive Parker."

Parker olhou para Marcus, e em seguida para Nicholas. "Isso não acabou ainda, idiota. Você ainda precisa trabalhar nessa cidade, e mal posso esperar para acabar com a sua raça."

Nicholas olhou dentro dos olhos de Parker. "E eu vou me lembrar disso, Parker."

"É uma ameaça? Você está mesmo ameaçando um oficial da policia?"

Nicholas sorriu.

"Saia agora, Detetive Parker, ou eu vou processá-lo de transgressão criminal," disse Meredith.

Sem dizer mais uma palavra, Parker irritado foi até o hall e bateu a porta atrás do oficial.

Os dois técnicos olhavam paralisados tanto para Nicholas quanto para Meredith boquiabertos.

"Senhores, por favor, fechem as bocas. Parecem os primos das Montanhas Ozark," disse Meredith.

Fecharam as bocas rapidamente.

Meredith se virou ara Marcus e Nicholas. "Senhores, como eu isolei o departamento de policia local, por favor, não me transformem em uma mentirosa. Encontrem minha filha e encontrem-na rápido."

Marcus assentiu com a cabeça. Nicholas fitou-a com admiração, e então assentiu com a cabeça. A força dela continuava a impressioná-lo.

Assim que ela saiu da sala, Marcus murmurou para Nicholas, "Bem, essa mulher é uma defensora, Nicky!"

Ele não falou alto, porém Nicholas concordou.

Ele sentou-se à mesa de jantar de Meredith e leu o dossiê do caso. Foram feitas entrevistas com todos os vizinhos da rua e das ruas de ambos os lados. Ninguém havia visto algo anormal. Também entrevistaram os amigos de Meredith e vários de seus atuais clientes. Familiares foram contatados por telefone, pois Meredith não tinha família na cidade.

A transcrição do telefonema estava de fato no dossiê. Ele a leu e não descobriu nada além do que Marcus já havia lhe dito. A companhia telefônica havia rastreado a chamada em um telefone pago ao lado de Kenzie's Seafood, um restaurante nas docas conhecido pela sua boa comida. A polícia conversou com as pessoas do restaurante, mas se tratava de um local publico popular com muita gente entrando e saindo. Ninguém vira nada de diferente.

Nicholas fechou a pasta do caso. Pensou por onde poderia começar agora visto que a polícia já havia entrevistado a todos com quem ele gostaria de conversar, e nada haviam achado. Ele balançou a cabeça. Poderia se dizer tudo a respeito da personalidade de Parker, porém ele foi bastante minucioso.

Era como se a garota tivesse desparecido como ar.

Exatamente como sua visitante daquela manhã.

Marcus entrou e se sentou ao lado dele. "Alguma coisa?"

Nicholas balançou a cabeça. "Não. Parece que todas as bases foram cobertas."

"Vou chamar dois agentes para esse caso. Vou chamá-los para que conversem com todos novamente, embora eu ache que caminharemos para um beco sem saída. Francamente, Nicky, nesse momento tudo que podemos fazer é esperar que os sequestradores entrem em contato novamente."

"Há algo que estamos deixando passar, Marcus. Não é possível. E é algo tão obvio que não conseguimos pensar sobre isso."

"Você acha que a mãe?"

Nicholas balançou a cabeça. "Não, eu acho que não. Apesar de toda a força que tem demonstrado, eu acho que ela está prestes a desmoronar."

"Isso já aconteceu antes."

"Não dessa vez."

Marcus olhou para o amigo. "Ficando um pouco defensivo em relação à moça, Nicky?"

Nicholas não disse nada.

"Claro, eu não poderia lhe culpar," disse Marcus. "Ela é uma mulher muito atraente."

"Cale a boca, Marcus."

"Eu só estou falando que já faz dez anos que Janey se foi. Eu acho saudável que mostre interesse por outra mulher, Jane não iria gostar de vê-lo sozinho."

"Esqueça isso, Marcus."

"Não importa o que diga meu amigo." Ele fez gesto em direção à pasta do caso. "Você tem alguma ideia? Consegue pensar em alguma coisa?"

"Eu poderia tentar localizar um informante ou dois. Talvez eu consiga uma pista, alguém que apareça com algo que possa ser útil para iniciar a investigação."

"Parece bom. Acho que vou tentar dormir um pouco. Talvez eu me perca na terra dos sonhos, alguém por lá me dirá o que fazer."

O comentário fez com que Nicholas se lembrasse de sua visitante. Ele contou a Marcus o que ocorrera.

"Interessante. Ela desapareceu?"

"Completamente."

"Uma vez prendi um cara por roubo a banco. Ele jurava que havia feito aquilo, pois um duende lhe havia dito para fazer. Ele descrevia o duende com riqueza de detalhes e dizia que estava bem ao lado dele, gargalhando."

"Obrigada, amigo. Isso me faz sentir bem melhor."

"Talvez estivesse sonhando."

"Então com fiz para acabar em frente à porta do escritório quando Meredith apareceu?"

"Sonambulismo e coincidência."

Nicholas pensou sobre isso. "Talvez. Mas parecia tão real, Marcus."

"Não tenho uma resposta, Nicky. Pode ter sido um sonho, talvez desencadeado pelo tiro contra o pai da menina na noite passada."

"Talvez."

"Ou você tem uma toca de coelho no escritório e o nome da menina é Alice."

Nicholas riu do amigo. "Marcus, você é um grande imbecil."

"Sou um imbecil com sono. Ao menos você conseguiu dormir um pouco na noite passada." Ele se levantou. "Acho que vou deixar os técnicos aqui e vou capotar. Se precisar de mim, ligue no celular."

Nicholas concordou e procurou por Meredith. Ela estava no jardim de trás sentada em um balanço para crianças. Conforme ele a fitava pela janela da porta, percebeu que de fato era uma mulher atraente. Saiu para conversar com ela.

Meredith estava olhando para o chão quando ele se aproximou. Ela, mais do ninguém, se parecia com uma garotinha perdida. Embora já tivesse visto antes esse tipo de vazio em mães, dessa vez o coração dele ficou um pouco apertado. Ela falou com ele quando Nicholas chegou mais perto.

"O que você acha que está sentindo nesse momento. Sr.Turner?"

"Honestamente? Não tenho como saber. Gostaria de saber."

"Acho que ela está com medo. Pensando o porquê a mãezinha dela não está indo buscá-la. Que eu não a quero mais."

"Tenho certeza de que ela não está sentindo isso, Sra. Richardson. Ela sabe que sua mãe a ama."

"Gostaria de poder reassegurá-la disso. Sr. Turner. Daria tudo só para abraçá-la novamente."

"Você a abraçará novamente. Eu lhe prometo. E, por favor, você pode me chamar de Nicholas?"

Ela assentiu. "Só se me chamar de Meredith."

"Combinado."

"Então, qual é o próximo passo, Nicholas? Tem algumas ideias?"

"Tenho alguns informantes que talvez tenham ouvido alguma coisa. Eu vim até aqui para dizer que vou atrás deles agora. Está quase noite, então devem estar saindo. Não são as melhores pessoas do mundo, mas de alguma forma são uteis."

Impulsivamente, ele pegou a mão dela. "Eu vou encontrá-la, Meredith."

"Eu sei. Mas dará tempo?"

Ele não teve resposta.

Capitulo 3

Nicholas dirigia pela Hooker Hollow. O nome verdadeiro da rua era Terceira Rua, porém devido aos bares, sex shops e peepshows[1], a rua ganhou um novo nome antes que ele entrasse para o departamento de polícia. Embora já estivesse escuro, ainda era cedo para a maioria dos frequentadores iniciarem os negócios da noite. Havia algumas prostitutas gritando aos carros que passavam, porém seus gritos não tinham a exuberância comparada ao que seria exibido mais tarde. Havia algumas pessoas caminhando, alguns esnobes que se achavam os donos da rua e outros sorrateiros que tinham medo de que suas avós os descobrissem ali.

Decidiu que a melhor aposta entre os informantes seria o Snickers. Tratava-se de um antigo drogado que se envolveu em quase todo tipo de crime para satisfazer o hábito. Como patrulheiro de rua, Nicholas havia prendido Snickers por ter roubado uma loja de bebidas. O ladrão imediatamente começou a oferecer informações sobre qualquer coisa que Nicholas gostaria de saber desde que não o prendesse. Nicholas fez uma contraproposta: se a informação fosse verdadeira, ele sumiria com as acusações.

A informação era precisa e Nicholas cumpriu sua promessa. A relação de dar e receber dos dois cresceu e a informação de Snickers foi responsável pela promoção de Nicholas a Detetive. Como recompensa, Nicholas pagou a Snickers uma boa clinica de reabilitação.

Um Snickers grato ainda mantinha contato com seus informantes subversivos, entretanto se manteve limpo. Ele tinha um talento especial para computadores e conseguiu um trabalho como programador. Era pequeno e de aparência surrada, e continuava com os tiques nervosos que desenvolvera como drogado. Ele passava quase todas as noites no "McFeely's", um bar na Hollow. McFeely's comumente conhecido na rua como "McFeelme's", era um lugar pesado que servia bebidas fortes a seus clientes violentos e tinha reputação de conseguir quase tudo o que uma pessoa procurasse. Brigas aconteciam regularmente ali, mas raramente envolviam Snickers.

Nicholas estacionou na rua a um quarteirão e meio de distância do McFeely's. quando saiu do carro, uma mulher se aproximou dele.

"Nicky Turner! Nicky, quando você vai parar com todas essas preliminares e transar comigo gostoso, baby?" ela disse.

"Tiffany, você me mataria." Ele disse brincando. "Não vou pagar para matar a mim mesmo."

"Que *frieza*," ela respondeu. "Eu ouvi falar que você está transando com a Jas-mine, e eu sou mil vezes melhor que ela."

"Não é verdade, Tiff. Você sabe que é única. Além disso, eu não transaria com Jasmine com um pau roubado e alguém me pressionando."

Tiffany deu risada. "Eu ouvi falar disso!"

"Você viu Snickers hoje à noite?"

"*Naum*.., mas também *num tô* atrás daquele sem bundinha."

"Se vir-lo-lo, pode dizer a ele para me encontrar no McFeelme's?"

"Claro, baby."

"Se cuida, Tiff."

"Você também, seu garanhão!"

Nicholas começou a caminhar em direção ao McFeely's, acenando para algumas pessoas as quais conhecia. Rumores circulavam nos últimos dez anos sobre o tipo de trabalho ao qual Nicholas se dedicava desde que se tornara um investigador particular. Um total de noventa por cento de seus casos envolviam crianças em algum grau, e, entre os criminosos, pessoas que mexiam com crianças que ficavam entre os piores dos piores. Se Nicholas estivesse em um caso envolvendo crianças, ele poderia contar com a ajuda de praticamente todos na rua, apesar de que um caso de suporte a crianças poderia não lhe trazer ajuda alguma. Essa hierarquia criminal o surpreendia constantemente, entretanto ele obtinha auxilio onde pudesse.

Estava a um quarteirão de distância do McFeely's quando notou a presença de uma garotinha.

Ela estava parada em frente ao McFeely's com olhar fixo em Nicholas. Quando percebeu que ele a avistou, acenou um "venha, depressa" com uma das mãos e com a outra apontou para o bar. Era a mesma garota que havia visto pela manhã no escritório, e ela ainda vestia a mesma roupa.

Ele ficou paralisado por um instante no meio da calçada. Uma pessoa que passava na rua, tocou-o no ombro e perguntou, "Ei, está tudo bem, cara?"

"Não sei," Nicholas respondeu. "Ei! Fique bem ai!" E começou a correr em direção ao bar, apontando para a menininha. "Não se mexa!"

As pessoas se viravam para ver com quem Nicholas estava falando. Conforme ele se aproximava da garotinha, ela sorria e acenava com o dedinho novamente. Um pouco antes de alcançá-la, um grupo de pessoas saiu do McFeely's bloqueando sua visão. Quando o grupo saiu, a garota tinha desaparecido. Ele olhou tudo ao redor, porém não havia lugar onde ela pudesse se esconder. Não havia becos para onde pudesse correr nem carros para se esconder. Ela havia sumido como ar.

A menos que tenha entrado no bar.

Ele entrou no bar bem na hora em que um enorme homem daria um soco na cabeça de Snickers. Ele caiu entre as bancadas no meio do corredor, estarrecido. O homem enfiou a mão no bolso da jaqueta e puxou uma faca. Foi em direção de Snickers.

Nicholas não hesitou. Correu até o homem e desferindo-lhe duas joelhadas no rim, uma no esquerdo e outra no direito. O homem virou-se lentamente para Nicholas.

Oh, merda, pensou Nicholas.

"Eu não conheço você, idiota. Mas se quer um pedaço da merda dele, eu definitivamente posso lhe dar um!"

Nicholas segurou as mãos dele e um gesto como "espere um minuto", em seguida levou os dedos duros da mão esquerda no gogó do homem. Ele arregalou os olhos e soltou a faca. Levou as mãos ao pescoço respirando com dificuldade. Uma gota de sangue escorreu pela lateral de sua boca. Ele cambaleou.

"Pode respirar garotão. Isso dói como o inferno, mas pode respirar. Agora dê o fora daqui," disse Nicholas. O grandalhão saiu do bar se arrastando.

Snickers estava sendo atendido pelo próprio Hank McFeely. Ele ajudou Snicker a ficar de pé. Snickers fez sinal para que fosse embora.

McFeely disse para Nicholas, "Obrigado, Nicky. Aquele cara teria matado o Snickers, e não acho que meu taco de baseball iria pará-lo."

"Para dizer a verdade, Hank, Eu acho que dei um passo maior que as pernas."

McFeely riu. "Pareceu mesmo. Você deveria ter visto sua cara quando os socos nos rins não surtiram efeito."

Nicholas riu também. "Olha Hank, você não viu uma menininha entrando aqui antes de Snickers ser esbofeteado, viu?"

"Não, mas eu também não o vi entrando. Vou dar uma perguntada por ai."

"Obrigado, Hank."

Nicholas segurou o braço de Snickers equilibrando-o. "Por que aquele brutamonte te bateu, Snick?"

Snickers balançou a cabeça. "Ele falou para eu sair da frente dele, sabe?"

"O que você respondeu?"

"Eu disse a ele para foder com uma arvore- que seria melhor que com a mulher dele."

Nicholas começou a rir, depois de um minuto, Snickers também.

"Muito estúpido, hem Nicky?"

"Sim. Vamos Sugar Ray, eu tenho umas perguntar para te fazer."

Seguiram até uma cabine na parte de trás e se sentaram. Hazel, a garçonete, lhes trouxe cerveja.

"Cortesia de Hank, meninos. Bebam."

"Obrigado, Hazel," disse Nicholas.

Snickers deu um longo gole em sua cerveja. "Então, o que tá acontecendo, Nicky? Parece que eu tô te devendo uma, sabia?"

McFeely se aproximou da mesa antes que Nicholas pudesse responder. "Nenhuma garotinha Nicky. Tem certeza de que ela entrou aqui?"

"Não, Hank, não tenho. Mas obrigado por perguntar a todos e obrigado pelas cervejas."

"É um prazer, amigos." Ele saiu.

Nicholas disse, "Há três dias no meio da tarde, uma garotinha foi raptada." Contou toda a estória.

"Não sei de nada, Nicky, mas vou ficar de olhos abertos por você." Snickers bateu com o dedo indicador na boca. "Eu escutei um ou dois rumores, mas não sei se tem algo a ver com isso, viu?"

"O que?"

"Bom, tem esse bando de playboys, um grupinho ai, tá ligado? Não to dizendo que tão na cidade- tão por todo canto do mundo. Mas eles gostam de fazer um tipo de sexo bizarro e não gostam de vadias. Querem as virgens, sabe?"

"Continue."

"Um parceiro meu entrou em contato há alguns anos. O cara disse que esse grupo pagaria alguém para sequestrar uma mulher, mas disse que tinha de ser certo tipo de mulher.. do tipo "feita por encomenda", entende? Sei lá, tipo uma moça com cabelos castanhos e algumas medidas, com no máximo vinte anos." Snickers bebeu cerveja. "Eu acho que todos os caras queriam transar com ela e então se livrar dela."

"Livrar-se dela como, Snick?"

Snickers dobrou a mão no formato de uma arma e apontou para a própria cabeça. "Então, eu tava pensando Nicky, e se esses caras decidissem fazer algo relâmpago, saca?"

"Seu amigo pegou o contrato?"

Snickers balançou a cabeça. "Não, essa bosta atrai os Federais como fedor na merda, entende? Ele não queria se juntar ao grupo para que depois alguns gordos e ricos pudessem se safar."

"Como seu amigo conseguiria informar que o trabalho havia sido feito?"

"Não tenho certeza, Nicky. Não cheguei a esse ponto com ele, saca? Mas ele achou que o cara que fez o contato era algum imundo importante e intocável. Nada foi dito, mas ele acreditava nisso."

"Você acha que consegue entrar em contato com ele hoje à noite?"

"Posso só tentar, entende? Mas eu te ligo se descobrir alguma coisa."

"Escute, Snick, você me ouviu falando sobre Marcus Moore, certo?"

"O Fed? É, eu me lembro."

"Ele sabe quem é você e o que nós fazemos, portanto se não conseguir me achar por alguma razão, ligue para ele." Nicholas pegou um caderninho e anotou o número de celular de Marcus e entregou para Snickers.

"Deve ser um caso quente para você, hem Nicky?"

"Não, é um cold case (arquivo morto)...porém eu acredito que com a sua ajuda, podemos resolver. Preciso de qualquer coisa que possa conseguir, o mais rápido possível."

"Eu sei, eu sei...precisa para ontem."

"E me faça outra favor, Snickers."

"O que, Nicky?"

"Da próxima vez, olhe para o cara antes de abrir a boca com grosseria."

Nicholas saiu do bar enquanto Snickers soltou uma risada.

Capítulo 4

Do lado de fora do bar, Nicholas olhou ao redor novamente, tentando descobrir onde a garotinha poderia ter se escondido. Não havia qualquer lugar no qual ela pudesse se esconder tão rapidamente. Balançando a cabeça, ele voltou para o carro.

Havia uma multa de estacionamento sob o para-brisa.

Ele deu uma olhada ao redor. Na opinião dele, estava estacionado em local legal. Não havia extintores de incêndio, nenhum sinal "Não Estacione", nem "Estacionar somente entre tal hora e tal hora", e também não estava bloqueando áreas de desembarque.

Parker, ele pensou. O detetive resolveu ser insignificante e obviamente havia instruído o polical para assediá-lo onde quer que seu carro possa estar. Bem, tratava-se de um problema que poderia ser resolvido imediatamente.

Quando Nicholas deixou o departamento, o Chefe de Detetives lhe disse que se fosse da vontade dele se recuperar, ele o ajudaria de todas as formas. O chefe cumpriu sua palavra e chegou até mesmo a enviar alguns casos para Nicholas. Ele acabou tornando-se um amigo.

Agora, o antigo Chefe de Detetives era o Chefe de todo o departamento policial da cidade.

Nicholas pegou o celular e ligou para a casa do Chefe.

"Alo?"

"Oi, Chefe! Aqui é Nicholas Turner."

"Nicholas! Como você está? Fiquei sabendo que solucionou outro caso ontem à noite. Por quantas vezes pretender ser um herói, Turner?"

"Eu não sou herói, senhor. Só tenho sorte, eu acho."

"Ouvi dizer que está cuidando do sequestro de Richardson."

"Sim, senhor, estou."

"Soube pela mulher de Richardson. Também soube através daquele seu amigo do FBI. Os dois me contaram que Parker lhe causou alguns transtornos. Eu o chamei na chincha essa tarde e li o ato de motim para ele."

Nicholas sorriu. "Tenho certeza disso, senhor. E é por esse motivo que estou ligando. Eu acho que Parker decidiu me perturbar." Ele contou ao Chefe sobre a multa de estacionamento.

"Quem aplicou a multa, Turner?"

Nicholas olhou para o papel. A luz neon brilhante do Beco iluminou bastante lhe ajudando a ler. "Parece que o Oficial Martin, Chefe."

"Faça-me um favor, Nicholas. Você pode ficar onde está por uns quinze minutos?"

"Claro."

"Obrigado, filho. Se precisar de qualquer outra coisa, me ligue. A qualquer hora."

"Obrigado, Chefe." Nicholas desligou o telefone e encostou-se ao carro.

Tiffany aparentemente havia conseguido um programa, pois não estava por lá. Entretanto, vários outros clientes do Beco paravam para conversar com ele. Perguntavam como ele estava e com o que estava trabalhando. Quando descobriam, todos ofereciam ajuda, prometendo entrar em contato caso soubessem de alguma coisa. De novo, aquele sentimento ao redor do elemento criminoso o espantou. Algumas dessas pessoas matariam por um tênis, porém quando se tratava de crianças, elas se uniam para ajudar.

Ficou ali encostado no carro por cerca de dez minutos quando uma patrulha policial da cidade estacionou ao lado de seu carro. Os clientes que conversavam com ele foram se dispersando. Ambos os policiais saíram do cara e se aproximaram de Nicholas.

"Sr. Turner?" perguntou um dos policiais.

"Sou eu."

"Sr, sou o patrulheiro Jason Martin. Creio que lhe emiti uma multa erroneamente. Se puder me devolvê-la cuidarei disso, aceite minhas desculpas."

"Obrigado, Martin. Pode passar um recado ao Detetive Parker por mim?"

"Sim, Sr."

"Diga a ele para se afastar de mim enquanto ainda tem um emprego. Diga que acabarei com a vida dele caso ele mesmo não o faça."

"Ficarei feliz em transmitir o recado, Sr. Desculpe-nos pelo inconveniente."

"Boa noite, senhores," disse Turner.

Enquanto dirigia, ele pensava em Parker. Ele sabia que pedir para passar aquele recado somente enfureceria ainda mais o detetive fazendo com que ele aumentasse a perseguição, porém não se importava. Havia algo sobre o detetive que o fazia ir pelo caminho errado, entretanto ele não conseguia entender o que o aborrecia.

Enquanto dirigia em direção ao escritório, seus pensamentos voltaram-se novamente para a garotinha. Ela já havia aparecido duas vezes e a segunda vez ele estava totalmente sóbrio, de modo que a ideia de alucinação se tornava menos provável. Nas duas vezes em que apareceu era sempre antes que algo ocorresse. Na segunda vez foi um pouco antes de Snicker ser esfaqueado e quase morto. E na primeira vez, foi um pouco antes da chegada de Meredith ao seu escritório. Portanto, não, a garota não era uma alucinação. Mas quem era ela? E para aonde teria ido?

Ele entrou em um drive-thru do McDonald's e pediu um hambúrguer com fritas. Depois de receber seu lanche, dirigiu até o escritório. Subiu as escadas, destrancou a porta e entrou. As correspondências estavam sobre o chão em frente à porta. Ele as apanhou e sentou à mesa de trabalho. Havia uma mensagem na secretaria eletrônica. Apertou o botão 'play' da secretária e ligou o computador. Ele precisava registrar tudo que havia acontecido naquele dia sobre o caso atual, bem como o relatório final do caso em que se envolvera na noite passada. A mensagem era da mãe do seu caso anterior.

"Sr. Turner, não há palavras que possam descrever como lhe sou grata. Jessica está ótima e poderá vir para casa na sexta-feira. Eu ficaria honrada se viesse até a minha casa para conhecê-la..." Nicholas interrompeu a mensagem. Sentiu-se envergonhado pela atenção que lhe fora dada, e o agradecimento efusivo o fez sentir-se desconfortável. Além disso, não acreditava que a garota gostaria de conhecer o homem que havia matado o seu pai. Enviaria à mãe o relatório final juntamente com a conta daria o caso como encerrado.

Abriu o Word, o programa que usava para digitar seus relatórios, e escreveu o relatório final. Então, acessou o software de faturas e preparou a nota. Imprimiu ambos, colocou dentro de um envelope e o preparou para envio. Colocou o endereço de Meredith no programa de faturamento e descreveu o montante do retentor que havia sido pago por ela e fechou o programa. No programa Word, ele abriu uma pagina em branco e começou a pensar sobre o que escreveria em suas notas.

O sanduiche e as fritas continuavam intactas- já as havia esquecido. A geladeira na sala de estar estava quase vazia e decidiu, então, descer e ir até a máquina de refrigerante que ficava lá fora. Levou a carta para depositá-la na caixa de correio.

Quando voltou, abriu seu jantar e deu uma grande mordida no sanduiche. Mastigando, ele se virou para o computador.

"oi" estava escrito na tela.

Balançando a cabeça e pensando se teria apertados algumas teclas, ele apagou a palavra. Antes que pudesse fazer qualquer coisa, "oi" surgiu novamente na tela. Se reencostou na cadeira, olhando intrigado para a tela. A palavra apareceu novamente embaixo da primeira, e então novamente, dessa forma:

oi

oi

oi

Nicholas apagou as palavras com o botão backspace.

Elas apareceram de novo da mesma maneira.

oi

oi

oi

"Que diabo é isso?" ele resmungou consigo mesmo.

Conforme pressionava a tecla backspace, a tela ganhou vida.

"oioioioioioioioioioioioi..." apareceu, preenchendo toda a tela. Nicholas, espantado, pressionou rapidamente a tecla "Escape". A palavra parou de aparecer.

Ele se reencostou na cadeira, olhando para a tela do computador. Tendo uma ideia, se desconectou da Internet e reencostou novamente na poltrona.

Uma nova palavra apareceu na tela, "olá", ele leu.

Arrepios subiram pelos seus braços. Após alguns instantes, ele puxou o teclado e começou a digitar.

"Tem alguém ai?" ele digitou.

Um pouco antes de terminar de digitar a pergunta, um "sim" apareceu.

"Quem é você?"

"Você"

"Qual o seu nome?"

"Não posso contar"

"Como as pessoas te chamam?"

"Nada"

"O que está fazendo?"

"Falando com você"

"Por que não fala comigo no meu escritório?"

"Já fiz isso"

"Quando?"

"Essa manhã"

"Você é a Meredith?"

"Não"

Novamente reencostado na cadeira, pensou por um minuto. A única pessoa que havia estado em seu escritório naquela manhã era a garotinha. Recomeçou a digitar.

"Você é a garotinha?"

"Sim"

"Quem é você?"

"Você"

"Você não pode ser eu mesmo. Não sou uma garotinha"

"Você"

Refletiu por um instante e digitou.

"Como desapareceu de meu escritório tão rápido?"

"Fui embora"

"Como?"

"Fui embora"

"Você me acordou de manhã?"

"Sim"

"Por quê?"

"Tinha de levantar"

"Por quê?"

"Tinha que encontrar a mulher"

"Se refere à Meredith?"

"Sim"

"Por quê?"

"Tinha que encontrá-la"

"Por que eu tinha que vê-la?"

"Precisa salvar a Karen"

"O que sabe sobre Karen?"

"Não posso contar"

"Por que não?"

"Não tenho permissão"

"Permissão?"

"Não tenho permissão, só posso ajudá-lo"

"Contar-me o que sabe me ajudaria."

"Eu só posso ajudá-lo, é você quem deve achá-la"

"Como está fazendo isso?"

"Fazendo o que"

"fazendo com que palavras apareçam na tela"

"Não sei, só estou pensando"

"Por que você não voltou ao meu escritório e falou comigo?"

"Ainda não posso falar"

"Não pode falar ainda? Não tem permissão?"

"Ainda não"

Nicholas parou de digitar por um momento para dar-lhe tempo de pensar. Estava confuso, pois a conversa era muito misteriosa. Na cabeça dele, não se convencia de que estava falando com a garotinha. Porém, se não era ela, quem era? E o que ela ou quem quer que seja quis dizer com essas respostas?

Tinha uma forma de descobrir com total certeza se era mesmo a garotinha. Digitou, "Eu vi você depois dessa manhã?"

"Sim"

"Onde?"

"Beco"

Nicholas agora estava convencido que se tratava da garotinha, pois não havia contado a qualquer pessoa sobre tê-la visto novamente. Não entendia como ela conseguia falar com ele através do computador, no programa Word e sem nenhuma conexão com a Internet...mesmo assim, estava lá. Isso lhe trouxe mais um monte de perguntas.

"Por que você veio ao Beco?"

"Você tinha de salvar Snickers"

"Por quê?"

"Ele pode te ajudar"

"Ajudar-me com o que?"

"A encontrar Karen"

"Como sabia que Snickers precisava de ajuda?"

"Eu só sabia"

"Alguém te disse que ele estava encrencado?"

"Só sabia mesmo"

Mais enigmas. Nicholas decidiu que tinha de encontrar a garota e conversar com ela, desse modo tentou algo a mais.

"Onde você está?"

"Com você"

"Não estou vendo você aqui. Onde está?"

"Com você, estou sempre ao seu lado"

"Por favor, não minta. Eu posso protegê-la se está com medo."

"Não estou com medo"

"Então, onde você está?"

"Com você"

"Quem é você?"

"Sou parte de você"

"Está me dizendo que estou escrevendo pelos dois aqui?"

"Não"

"Então, quem é você?"

"Você, sou parte de você"

Arrepios subiram pelos seus braços novamente. Nicholas estava confuso. Alguém havia mexido em seu computador enquanto esteve ausente, mas como? Ninguém sabia que ele havia visto a garotinha naquela noite. Só poderia estar enlouquecendo, e que ele mesmo estava digitando aquelas mensagens sem saber. Então, decidiu fazer outra coisa.

Digitou, "a Karen está bem?" e colocou as mãos embaixo das pernas.

"sim, ela está assustada e com fome" apareceu na tela.

Ele retirou as mãos de baixo das pernas. Se tivesse digitado a ultima linha, teria se enganado pensando que as suas mãos estivessem de baixo das pernas. Não acreditava nisso, mas como poderia ter certeza?

Então escreveu "onde está Karen?"

"eu só posso te ajudar, você que tem de achá-la" apareceu novamente sobre a tela.

"se me disser onde ela está, estará me ajudando. Pode me dizer?"

"não tenho permissão"

"Merda," ele disse suspirando.

"não faça isso" apareceu na tela.

Ficou surpreso. "não fazer o que?" ele digitou.

"falar mal"

"você está me escutando?"

"sim"

"você colocou um microfone escondido aqui?"

"não"

"então como me escutou?"

"só escutei"

"onde você está?" ele digitou novamente.

"com você seu bobo, eu já disse".

"se está aqui, me mostre."

"não posso"

"por que não?"

"snickers"

Escutou uma batida no vidro da porta do escritório. Nicholas levou tamanho susto que agarrou sua arma. "Entre!" ele gritou apontando a arma para a porta.

A porta de se abriu era Snickers. Viu Nicholas apontando a arma para ele, colocou as mãos para o alto e disse "JESUS Nicky, sou EU!".

Nicholas recolocou a arma em na cintura e balançou a cabeça. "Desculpa Snickers. Você me assustou."

"Meu Deus, Nicky, vai atirar em todo mundo que passar pela porta? O que está pegando, cara?"

"Nada, amigo. Apenas algumas coias estranhas que estão acontecendo nesse caso."

"Tem que ter cuidado, sabia? Como poderia salvar meu traseiro antes para depois atirar em mim? ' Principalmente quando tenho novidades, cara?"

Nicholas rapidamente pousou o dedo nos lábios e sussurrou "shhhh", em seguida ergueu as mãos como um guarda de transito. Levantou por detrás da mesa, pegou Snickers pelo braço e disse, "Venha, vamos dar uma volta.".

No corredor, Nicholas trancou a porta do escritório e levou Snickers rapidamente para o andar de baixo e para fora.

"Snick, você contou a alguém que viria aqui? Quero dizer a quem quer que seja!"

"Não, Nicky, eu vim direto assim que consegui as informações, entende? Por que, tem alguém atrás de mim?" ele disse, olhando ao redor do estacionamento.

"Não, mas tem algo muito estranho acontecendo por aqui e eu não consigo descobrir o que é."

"Bom, deixa eu te contar as novidades e depois vou relaxar um pouco até que você descubra o que *tá* acontecendo, *tá* sabendo? Eu não quero *tá* no meio de alguma coisa que não seja do meu interesse, *tá* entendendo?"

"Não estou te culpando, Snick. Conversou com o seu camarada?"

"Sim. Como eu disse antes, ele recusou, sacou? Mas ele conhece o cara que pegou o *trampo*. E esse mesmo cara vai falar contigo, segundo meu camarada."

"Ótimo, Snickers! Talvez seja uma pista."

"Eu acho que é, Nicky, 'porque ele disse que o valentão *tá* se escondendo, sacou? Ele acha que tem alguém atrás dele."

"Quem está atrás dele?"

"Sei não. Meu camarada *num* disse, e nem perguntei nada, *tá* sabendo? Mas ele deu o endereço onde *cê* pode encontrar o valentão. Ele vai te procurar. Acho que quer proteção, saca?"

"Eu vou protegê-lo se tiver algo de útil que eu possa usar. Onde ele está?"

"Aqui, eu anotei" Snickers deu o papel a Nicholas com um nome e um endereço rabiscados. Parecia que ficava no parque Industrial. "Nada mal para só uns dois telefonemas huh, Nicky?"

"Nada mal mesmo, Snickers. Obrigada, parceiro."

"Ei, eu só quero ajudar a criança, sacou? Vejo você Nicky. Me liga se precisar de alguma coisa. E cuidado, meu mano!"

"Você também."

Snickers vai embora e Nicholas volta para dentro do prédio e sobe as escadas até o escritório. Destrava a porta e entra.

A tela do computador mostrava uma nova frase na parte inferior.

"diga a Marcus para onde você está indo"

Nicholas desabou sobre a cadeira atrás da mesa e olhou para a tela. Após alguns instantes, ele agarrou o teclado.

"como sabe que estou indo para algum lugar?"

"eu o vi, e ouvi, ele é engraçado".

"como conhece snickers?"

"só conheço"

Em seguida, outra frase apareceu embaixo daquela.

"ele te ama, você o salvou, ele o chama de grande irmão".

Nicholas demorou a absorver aquilo.

"como pode saber disso?"

"sabendo"

"já encontrou o snickers?"

"não"

"quer conhecê-lo?"

"sim"

"por quê?"

"ele te ama"

"conhece o Marcus?" ele digitou.

"não"

"alguma vez já conversou com Marcus?"

"não, ele te ama também, você faz o que ele não consegue fazer"

"como saberia disso se nunca o encontrou?"

"sabendo, conte a ele para onde está indo, é importante"

"para onde estou indo?"

"conversar com aquele homem"

"por que eu deveria contar para Marcus?"

"você precisa, é perigoso, por favor, diga a ele"

Nicholas teve uma ideia.

"não."

"não o que?"

"não vou dizer a Marcus para onde estou indo."

"você precisa dizer"

"não."

"por favor"

"não."

"porfavorporfavorporfavorporfavorporfavor ..." começou a encher a tela. Nicholas apertou "Escape" novamente, e começou a digitar.

"eu direi a ele com uma condição."

"o que?"

"você me diz que está comigo, me mostre."

Nenhuma resposta veio à tela. Nicholas digitou novamente.

"mostre-me e eu ligarei para Marcus."

"tentando ver"

Nicholas sentou na cadeira, esperando. A lata de refrigerante tombou abruptamente esparramando liquido por toda a mesa. Ele deu um salto tentando evitar que molhasse suas calças. Pegou lenços de uma caixa que estava sobre a mesa e enxugou a bagunça. Quando terminou, olhou para a tela do computador. Uma nova frase havia aparecido lhe dando calafrios na espinha.

"oops, me desculpe, fiz uma bagunça"

Ele olhou a frase fixamente por alguns momentos, tentando dar sentido à situação. Finalmente, pegou o teclado e digitou.

"você derrubou a lata?"

"sim, foi difícil, quase não consegui".

"você é um fantasma?" ele digitou lentamente.

"não seu bobo"

"quem é você?"

"eu já disse, sou parte de você"

"se não é um fantasma, o que você é?"

"não posso contar, não tenho permissão ainda, você tem de adivinhar"

Nicholas ficou surpreso com quanto estava fascinado e curioso, mas não estava com medo. Continua pensando que se fizesse a pergunta certa, conseguiria descobrir com o que ou com quem estava lidando, porém não conseguia pensar em outra pergunta. Voltou a um assunto sobre o qual já haviam falado.

"mais cedo, você disse que eu tinha de encontrar aquela mulher, por quê?"

"porque tinha"

"por que eu tinha de encontrá-la?"

"você é dela, ela é sua, vocês combinam"

Nicholas, impressionado com a observação, recostou suas cotas na cadeira. A garotinha estava em pé ao seu lado. Ele pulou e gritou "Porra!".

A menininha tinha um ar de concentração. Palavras apareceram na tela do computador.

"eu te disse para não fazer isso, não é legal".

"Ok, docinho, não sei como chegou até aqui, mas você não vai embora antes de me responder a algumas perguntas!" disse Nicholas enquanto alcançava o braço da menina.

Sua mão passou pelo braço dela. A mão dele formigava mornamente. O rosto mostrava varias emoções, descrença, medo, dúvidas.

"Como você...como você fez isso..." disse gaguejando.

Ela voltou a ter aquele ar de concentração, e novamente palavras apareceram sobre a tela.

"eu não fiz, não consigo ser real a menos que eu tente muito, é perigoso"

Ele fitou a garota e pela primeira vez, estudou seus traços. A semelhança com sua falecida mulher era muito grande.

"Janey?" ele disse lentamente. A garota balançou a cabeça e uma palavra apareceu na tela.

"não"

E então, lembrou-se de algo que tentou muito se esquecer. A noite em que sua vida fora diretamente para o Inferno.

Ele nunca havia dito a Jane, mas a criança que haviam perdido era uma menina.

A filha deles.

Com lagrimas surgindo sobre seu rosto, ele gaguejou, "Ma...Madeline?"

A garota assentiu com a cabeça e disse, "Oi Papai."

Nicholas teve algo que nunca havia tido em seus 36 anos de idade.

Ele desmaiou.

Capitulo 5

Nicholas estava sonhando.

Em seu sonho, ele e Jane estavam fazendo piquenique num parque. A filha deles, Madeline, corria e brincava enquanto eles arrumavam a comida sobre a colcha. Jane chamou Madeline para comer e aquela refeição havia sido uma das melhores refeições que já tiveram.

Depois de comerem, recolocaram tudo na cesta. Madeline voltou a brincar e Nicholas estava deitado sobre a colcha com a cabeça no colo de Jane. Jane acariciava o cabelo dele e os dois olhavam Madeline brincando.

"Ela te ama tanto, mas tanto Nicky," disse Jane.

Ele assentiu.

"Você ganhou um valioso presente, garanhão," ela disse. "Ela dizia a toda hora o quanto foi enganado e que não era justo que ficasse sozinho, especialmente desde quando começou a ajudar crianças."

"Eu faço o que para mim é natural, Janey," disse ele. "Eu amo crianças...sempre amei."

"Não é só pelas crianças, Nicky. É porque você sempre faz o que é correto, porém dessa vez irá precisar de muita ajuda para encontrar aquela garotinha antes que seja tarde demais. Além disso, provavelmente será a única forma de calar Madeline," disse ela com um sorriso. "Então, você a terá por algum tempo e nem eu nem você sabemos por quanto tempo. Mas há restrições sobre ela, e ela mesma lhe dirá quais são. Escute-a Nicky. Ela apontará a direção para onde você deve ir."

Ele assentiu novamente, se tornando cada vez mais sonolento.

"Eu te amo, Nicholas Turner, e quero que seja feliz novamente." Ela beijou a testa dele e quando finalmente adormeceu, ele escutou o murmúrio, "Quero que siga adiante, garanhão. Está tudo bem. E ame nosso anjo, sim?".

Conforme adormecia, ele ouvia Madeline dizendo, "Papai, acorde. Acorde Papai! Acorde!".

Nicholas acordou com estalo. Ele estava recostado sobre a cadeira da mesa de escritório. Uau, que sonho havia tido...

"Meu Deus, Papai, você é um maluco!" disse Madeline.

Tudo veio a sua mente. "Como isso é possível? Você nunca nasceu, não pode estar aqui1"

Ela deu um sorrisinho. "Paaaaapaaai, a mamãe não conversou com você?"

Ele disse, "Eu estava sonhando com ela agora mesmo.".

Ela assentiu. "Sim, ela conversou com você. Ela me disse que falaria."

Nicholas tentou tocar o rosto dela. Sua mão passou através dela novamente.

"Pare com isso, Papai, isso faz cócegas!"

"Espere um minuto, Madeline. Como de repente consegue falar? Você me disse que não tinha permissão."

"Eu não tinha permissão...até quando você descobriu quem eu era. Essa era umas das cacas de restrições !" ela disse furiosamente. "Você consegue ser tão tolo às vezes. Nunca pensei que adivinharia!"

Nicholas ainda não conseguia acreditar no que estava acontecendo. Ele balançou a cabeça. Como o espírito de sua filha estaria ali falando com ele? Era impossível. Ela nem havia nascido e mesmo assim, estava lá- aparentemente tinha a idade que teria hoje se tivesse nascido. E era tão linda- a semelhança com Jane era incrível, entretanto conseguia enxergar-se nela também.

Tinha um milhão de perguntas, mas não tinha ideia por onde começar. Finalmente, decidiu começar pelo básico.

"Madeline, por que está aqui? E por que agora?"

"O, Papai. Você não escutou a Mamãe?"

Ele assentiu, lembrando-se do sonho.

"Eu estou aqui porque você precisa. Você precisa de *mim*. Mamãe disse que você precisava de um rec...reco..."

"Recomeço?"

"Sim, essa é a palavra. E depois, eu te amo, papai. Estou sempre com você e a mamãe também está. Mas você não sabia disso, e precisa saber."

Nicholas concordou. Uma lagrima escorreu dos seus olhos lentamente, mas ele nem notou.

"Tudo que tenho pensado durante esses dez anos é em você e em sua mãe. Não consigo parar de imaginar como teria sido... e a falta que me faz tudo que podíamos ter vivido. E, Deus, machuca tanto."

"Eu sei, mas papai, você tem uma segunda chance de ser feliz. Eu não devia dizer isso, mas não me importo. Você é meu *papai*."

"Madeline, como posso ter uma segunda chance? Você e sua mãe estão mortas! Como poderia funcionar?"

"Não é com a gente, Papai. Nosso tempo aqui acabou. O seu não. Sua segunda chance é com Meredith e Karen. Mas só se você conseguir salvar a Karen a tempo! E não vai salvá-la a tempo sem a minha ajuda. É por isso que estou aqui, para te ajudar." Madeline fez uma pausa. "Ai, droga...não devia ter contado isso, também."

Madeline começou a desaparecer gradualmente. Conforme ia sumindo, ela gritava, "Converse com o homem, papai! E diga a Marcus para onde você está indo! É import...". Ela desapareceu completamente antes que pudesse terminar a frase. Nicholas tentou agarrá-la, porém suas mãos passaram através dela de novo, lhe dando a sensação de formigamento.

Sentou-se na cadeira. O que ela quis dizer com segunda chance com Meredith e Karen? Se isso significasse uma segunda chance no amor, ele não tinha certeza de que queria isso. Meredith não era a Jane. Embora a verdade seja que Meredith era uma mulher forte e muito atraente...tentou tirar esses pensamentos da cabeça. Sua tristeza o havia empurrado para frente durante todos aqueles anos e não via motivo para mudar isso. Mesmo que fosse por uma filha fantasma ou pelo sonho com a mulher falecida. Ainda não tinha certeza de que tudo aquilo não passasse de imaginação.

Entretanto, tinha certeza de uma coisa. Havia uma garotinha a encontrar e agradecer pela dica de Snickers. Ele olhou o relógio. Onze horas. Precisava sair e falar com o homem. Colocou a jaqueta, certificando-se de que a arma estava na cintura e apanhou o celular. Parou por alguns segundos, fitando o celular. Decidiu ligar para Marcus. Não faria mal se alguém soubesse onde estava indo...

"Marcus Moore."

"Ei, Marcus, sou eu. Snickers me deu uma pista, e estou indo conversar com o cara. Pode não ser nada," Nicholas disse. Pausou por um minuto, e então disse, "Mas eu tenho um pressentimento que isso possa me levar ao que estou procurando."

"Nicky, estou em uma reunião agora, mas há alguns pontos que quero rever com você também. Onde será esse encontro?"

Nicholas leu o endereço para Marcus. "O nome do cara é Richard 'Ricky' Logan. O Snickers disse que alguém o contratou para sequestrar uma mulher com características definidas. Ele acha que foi um grupo de ricos que queriam um tipo especifico de mulher para algum jogo sexual."

"Sequestro por encomenda. O Departamento está cheio disso, Nicky. Temos vários casos abertos que se encaixam nesse cenário. Você acredita que o sequestro de Richardson seja um desses casos?"

"Novamente, Marcus, eu não tenho certeza alguma. Mas tenho um forte pressentimento."

"Entendido, parceiro. Eu tenho o endereço, irei te encontrar assim que terminar a reunião. Vejo você lá."

"Obrigado, Marcus." Desligaram o telefone.

"Ok, Madeline. Eu fiz o que você me pediu. Agora vamos ver se está certa." Esperou um pouco para ver se haveria uma resposta. Não houve. Ele sacudiu a cabeça. *Estou enlouquecendo*, disse a si próprio. *Isso* não pode *ser real*. Deixou o escritório, trancando a porta detrás dele e foi para o andar de baixo, saiu e entrou no carro.

Quando iniciou o caminho até o endereço, Madeline começou a aparecer novamente sobre o assento ao lado. Ela falava e sua voz se tornava cada vez mais nítida.

"...e não pode me obrigar!" ela dizia. Ela cruzou os braços e desabou no assento com um olhar determinado no rosto.

Nicholas assustou-se de novo. "Merda, Madeline! Você precisa me avisar quando fará esse tipo de coisa!"

"Na fale mal, Papai."

"Vou xingar sempre que eu quiser, mocinha. Não importa, pois não há como você ser real. Você está apenas em minha imaginação."

Lagrimas começaram a brotar dos olhos dela. "Como pode pensar assim, Papai? Não estou aqui? Não está me vendo?"

Nicholas olhou para ela. "Sim, eu estou te vendo. Estou conversando com você. Mas como vou saber se você é real? Como vou saber se não estou tendo serias alucinações? Inferno, eu não posso nem te abraçar!"

"Pode sim, Papai! Olha, vou te mostrar!" ela disse.

Ele continuou a olhá-la. Ela fechou os olhos e uma expressão de forte concentração apareceu em seu rosto. Ele viu uma luz branca brilhante que surgia gradualmente ao redor dela, e em seguida foi desaparecendo lentamente. Com os olhos ainda fechados, ela lentamente foi levando a mão direita até ele e deu um aperto em sua mão.

Nicholas, surpreso, puxou a mão e desviou para a pista da esquerda. Controlando novamente o carro, ele estacionou na lateral da rua. Ele havia mesmo sentido a mão dela! Virou-se para ela. Ela sorria para ele.

"Viu Papai? Consigo me tornar real se eu quero muito e muito."

Nicholas lentamente estendeu a mão e passou os dedos pelo cabelo da menina, em seguida em seu rosto. Ela sentiu quentura no toque dele.

Naquele momento, ele acreditara em tudo. Não sabia como era possível, mas aquela era a menininha dele, *em carne e osso*!

"Meu Deus, é você mesma! Minha querida bebê! Ele disse conforme a puxava para perto dele e a abraçava contra seu peito. Ele sentia o perfume do cabelo dela- um perfume fresco e suave. Começou a beijar sua cabeça." "Tenho sonhado com isso desde o dia em que sua mãe me disse que estava grávida." Ele começou a chorar. "Como eu desejei te abraçar e te amar". Minha querida Madeline. Eu te amo tanto!"".

"Ah, Papai, eu também te amo," ela disse enquanto também o abraçava de volta com toda a força. "Sempre estive com você, papai. Eu esperneava de tanto que desejava estar com você, porque eu o via sofrendo e eu sofria também. Mas agora você pode me abraçar quando está triste e eu posso te ajudar!"

Nicholas olhou para o rosto dela, lagrimas escorriam pelo seu rosto. "Obrigado, meu amor. Obrigado."

"De nada. Agora eu tenho que voltar. Ser real é perigoso."

"Você tem de voltar, Madeline?"

Ela assentiu. "Só posso ser real por pouco tempo. Uso muito da minha energia. Mas eu ainda estarei com você, *tá*?"

"Está bem, minha menininha querida. Faça o que tem de fazer."

Ela fechou seus olhos novamente. Gradualmente, a luz branca brilhante a envolvera como antes, e então sumiu. Quando ela abriu os olhos, Nicholas estendeu sua mão até ela. Mais uma vez a mão dele passou através dela fazendo-o sentir aquela sensação de formigamento novamente.

"Papai! Isso faz cócegas!" Ela sorriu.

"Você sabe que tenho muitas perguntas, não sabe querida?"

Ela concordou. "Eu sei. Mas terá de me perguntar enquanto dirige. Você precisar falar com aquele homem. É importante."

Nicholas riu. "Sim, senhora." Ligou o carro e dirigiu em direção ao endereço que Snickers havia lhe dado.

"Está bem, Madeline, primeira pergunta. Com quem você estava conversando quando voltava para dentro do carro?"

"Era com o homem responsável por me deixar vir aqui. Ele me disse para parar de lhe dizer coisas que não deveria dizer. Mamãe me disse isso também...mas ela piscou para mim quando o homem não estava olhando."

Ele sorriu novamente. "Isso é típico da sua mãe mesmo, está certo. Bem, faremos nosso melhor, não é?"

"Sim."

"Você disse que tinha restrições. Quais são elas?"

Ela estava revoltada. "Não podia falar com você até que adivinhasse quem eu era, mas você já sabia disso. Não posso lhe contar coisas que podem acontecer. Não posso deixar que outra pessoa me veja além de você. Posso contar somente coisas que te ajudem a descobrir como salvar Karen, mas não posso contar o motivo. Tenho energia suficiente para aparecer, mas por pouco tempo. Posso me tornar real, mas por pouco tempo, e isso usa muito de minha energia. Quando estou real, sou como qualquer outra garotinha. Posso me machucar. Quando estou assim, não sou machucada. Às vezes, só parte de mim pode tornar-se real." Pensou por um minuto. "Eu acho que isso é tudo...não, espera! Se eu morrer enquanto estou real, não poderei voltar. E não tenho permissão para fazer qualquer coisa que inter..inter.."

"Interfira?"

"Isso interfira. Não posso interferir em nada que aconteça."

"Uau. São muitas restrições."

"Sim, é um saco."

"Então, você pode me dizer por que eu preciso falar com esse homem?"

"Um rum."

"Ou por que eu precisei ligar para o Marcus?"

"Um rum."

"Sabe por quanto tempo poderá ficar comigo?"

Ela balançou a cabeça.

"Então, talvez tenha que voltar a qualquer momento?"

Ela assentiu.

Nicholas respirou fundo. "Bem, isso também é um saco."

"Com certeza."

Notou que estavam entrando na área industrial. Essa estava repleta de fabricas e armazéns abandonados. Alguns ainda se mantinham em boas condições, porém a maioria deles estava em ruínas.

"Estamos chegando, Madeline. Acho melhor você desaparecer agora, está bem?"

Ela concordou. "Mas eu estarei por aqui." Lentamente, ela foi sumindo.

Nicholas encontrou o endereço. Tratava-se de um velho armazém agrícola com três silos próximos ao prédio- dois à esquerda e um à direita, completos com escadarias circulares em cada um deles. Ele dirigiu para a calçada de asfalto e entrou no estacionamento do armazém. Tanto o estacionamento quanto o caminho asfaltado estavam repletos de ervas daninhas que surgiam através de fissuras no pavimento e a área estava cheia de latas de refrigerantes, embalagens de fast-food, camisinhas usadas e outros tipos de lixo. Parecia que não tinha sido utilizada há anos. A porta da frente estava pendurada por uma dobradiça e abria-se livremente. Dentro havia uma sala que anteriormente deveria ter sido a recepção, entretanto, agora parecia mais um acampamento para drogados. Num canto havia um colchão velho com um rato sentado sobre suas patas traseiras, que o observava. Havia lixo para todo lado. Ele sacou a arma.

Quando chegou ao armazém principal, parou bem em frente à porta, esperando que seus olhos se adaptassem à escuridão. A porta da área de escritório dava para dentro do armazém que ficava à esquerda do galpão. Havia muitas e grandes janelas do lado esquerdo, e ele conseguia enxergar dois silos do lado de fora da penumbra. A pouca luz que passava pelas janelas não alcançava grande parte da vasta área, porém era possível enxergar a uma distancia de dez pés. Ele viu uma luz fraca que vinha de o que parecia ser um pequeno escritório envidraçado no centro do enorme galpão.

"Logan!" ele gritou. "Ricky Logan! Sou Nicholas Turner! Você está ai?"

Sua voz ecoou na escuridão. O silencio permaneceu. Não conseguia ver nada lá dentro, manteve a arma engatilhada.

"Logan! Snickers me enviou para termos uma conversa! Eu posso ajudá-lo, Logan, mas precisa falar comigo!"

Mais silencio.

Nicholas começou a se perguntar e se talvez alguém tivesse enganado Snickers? Quando ouviu uma voz vinda do seu lado direito.

"Tá sozinho, cara?"

"Sim."

Uma parte da escuridão se moveu e no feixe de luz surgiu uma figura. Ricky Logan tinha ao redor de um metro e oitenta de altura, cabelos louros e uma barba desgrenhada. Havia sujeira em sua testa como se estivesse dormindo sobre um chão sujo. Vestia camiseta embaixo de um par imundo de sobretudos. Manchas que pareciam ser de tinta branca estavam salpicadas sobre o macacão. Ele parecia assustado.

"Mostra algum documento, cara."

Nicholas levantou a mão esquerda. "Vou pegar minha habilitação." Retirou a pequena carteira dobrada onde mantinha sua licença de investigador particular e a mostrou para Logan.

O homem assentiu com a cabeça.

"Fiquei sabendo através de Snickers de que me daria alguma proteção se eu falasse com você. Isso é verdade?"

"Sim. Eu tenho um amigo no FBI. Se tiver uma boa informação para mim, ele pode colocar você num lugar onde ninguém poderá te encontrar."

"Não é o suficiente. Quero isenção também. Eu fiz algumas coisas, mas não quero ir para a cadeia por falar."

"Quão boa é a informação"?

"É quente, cara. Eu sei de coisas sobre pessoal de alta posição. Datas, locais, eu sei de tudo."

"Sendo assim, meu amigo lhe assegurará isenção."

Logan pensou por um minuto. "Cara, tenho muito medo. Já tentaram me matar duas vezes. Parece que não tenho outra opção se não confiar em você." Permaneceu quieto por alguns instantes, em seguida fez que sim com a cabeça, como se houvesse tomado uma decisão. "Fechado, cara." Estendeu a mão direita para Nicholas.

Nicholas recolocou a arma no coldre e apertou a mão de Logan. "Obrigado, Logan. Farei de tudo para que permaneça em segurança até que meu amigo chegue aqui."

"Certo, Turner, o que quer saber?"

"Snickers me disse que você havia aceitado um contrato de sequestro por encomenda. Fale-me sobre isso."

Logan respirou fundo. "Sim, cara, eu peguei o contrato. Queria que não o tivesse pegado. Não me orgulho nem um pouco disso." Colocou as mãos dentro dos bolsos do macacão e se recostou contra a parede do armazém. Do lado de fora das janelas, a lua havia saído de trás das nuvens e iluminava o local suficientemente para que Nicholas conseguisse enxergar Logan claramente. Parecia que sua consciência o incomodava bastante. "Dude veio até mim, disse que ele tinha ouvido falar que eu me interessaria em ganhar uma boa grana. Eu perguntei do que se tratava. Ele respondeu que tinha alguns clientes... foi como ele disse, clientes...que tinham interesse num determinado tipo de mulher. Queriam uma mulher com cabelos escuros, podia ser castanho ou avermelhado escuro. Tinha de ser baixa e bonita, não devia ter mais de um metro e sessenta de altura e ter no máximo vinte e um anos de idade." Ele fez uma pausa e depois, continuou. "Não podia ter peito, a mais sem peito que eu pudesse encontrar. O Dude disse que me pagariam vinte mil. Eu disse para ele que não faria por menos de vinte e cinco mil. Ele aceitou, muito rapidamente, como se já esperasse aquilo. Mais tarde eu descobri que a mulher era para um bando de ricaços... e eles a queriam só para trepar." Fez uma pausa. "Quando eu fiquei sabendo disso, comecei a ter um mau sentimento. Fiquei feliz que minha parte já tinha acabado."

"Você achou uma garota como eles queriam?"

"Ah, sim, cara. Essa foi a parte fácil. Foi só cruzar o campus da faculdade da cidade e já encontrei o que estava precisando. Eu a capturei quando ela atravessou sozinha um estacionamento, então usei a taser para dar uns choques e coloquei-a na van. Quando tava dentro da van, eu a amarrei, coloquei fita adesiva na boca dela e fui embora. Em seguida, liguei para o Dude, fiz a entrega e peguei meu dinheiro."

"Você ainda tem o número do telefone?"

"Não, cara. O acordo era que cada um de nós teria um daqueles celulares descartáveis.... esses que você usa uma vez e depois joga fora. Dos baratos. Uma vez a comunicação fosse feita, nós nos livraríamos deles."

"O que você fez com a mulher?"

Logan respirou fundo novamente. "O Dude me falou para encontrá-lo no parque ferroviário. Quando cheguei lá, eles tinham um tipo de container todo pronto para ela, cara. A carregamos para dentro do container e tinha um beliche com correntes preso na parede, e as correntes tinham algemas nas pontas, uma para cada mão e para cada tornozelo. A gente a ajeitou e o Dude fechou e trancou as portas do container. Em seguida, ele me deu a grana."

"Então, eles a transportaram por trem?"

"*Num* sei, cara, eles transportam coisas pelo mar. Não sei se foram de trem ou navio, mas também não era da minha conta. Eu já tinha feito a minha parte, cara, o resto era negócio deles."

"Quem era o homem com o qual entrou em contato?"

"Eu não sei, só estava fazendo um serviço. E ainda não tenho certeza. Alguns meses depois, porém, ele apareceu de novo. Dizendo que seus clientes haviam estuprado a garota que eu arrumei e queriam outra nova e que tinha outro serviço para mim, se eu me interessaria. Dude disse que esse trabalho valeria quarenta mil. Eu perguntei o que aconteceu com a outra garota e ele respondeu que ela não transaria com mais ninguém, cara, eu comecei a me sentir mal pelo o que tinha feito. Quer dizer, transar com a menina era uma coisa, matar era outra. Mas não queria que Dude soubesse que aquilo *tava* me incomodando, porque eu queria saber o máximo que pudesse sobre eles. Talvez pudesse passar alguma informação à polícia. Então eu perguntei ao Dude o que eles queriam dessa vez." Fez outra pausa. "Turner, ele disse que queriam uma criança. Com no máximo dez anos, bonita e tinha de ter cabelos louros e longos." Passou a mão pelo rosto. "Eu falei para Dude que de jeito nenhum, que eu não mexia com crianças, principalmente para o que queriam. Me perguntou se eu tinha certeza, e eu disse que sim. Ele foi embora sem dizer nada. Mais tarde, quando sai do bar, alguém atirou em mim. Erraram, mas foi por pouco, cara! Então eu fui para a casa de um amigo dar um tempo e me esconder. Tudo parecia bem, até que meu amigo decidiu sair para buscar comida. O carro dele explodiu. Quando olhei pela janela, eu vi o Dude. Estava sentado dentro de um carro, mas não era um carro comum. Eu acho que ele é..."

Logan nunca terminou a frase. O vidro à esquerda de Nicholas ecoou um barulho e um pequeno furo surgiu sobre a testa de Logan e a parte de trás da cabeça explodiu contra a parede.

Nicholas quase não escutou o tiro. Sacou a arma e então ouviu uma voz.

"Abaixe a cabeça, Papai!"

Ele abaixou. Quando o fez, o vidro tiniu novamente e um furo apareceu onde sua cabeça estava antes. Agachado próximo ao chão, ele verificou o pulso de Logan, embora soubesse que ele estava morto. Nada. Ele deu uma espiada na janela. Sabia que o atirador se encontrava em um dos silos, e que deveria estar utilizando um visor noturno. Ele andou rapidamente agachado pelo mesmo caminho que fez para entrar, até que ficasse fora da vista da janela. Em seguida, correu para fora.

Já do lado de fora, parou na esquina do galpão, usando- a como cobertura. Ele arriscou uma espiada ao redor da esquina em direção aos silos, e lascas de tijolo banharam seu rosto seguido pelo som do tiro. Ele rapidamente abaixou atrás da esquina. Entretanto, conseguiu visualizar a ponta da arma. Ele se agachou, contou até três e então se jogou novamente ao redor da esquina, rapidamente atirando contra o lugar onde tinha visto o flash. Mais lascas de tijolo caíram sobre o local onde sua cabeça estaria se ainda estivesse em pé. Ele se abaixou novamente atrás da esquina.

Faróis varreram o estacionamento da esquerda para a direita. Um carro. Marcus, graças a Deus.

Marcus avistou Nicholas, saiu do carro e correu até o amigo.

"O que aconteceu, Nicky?"

"Tem um atirador no primeiro silo ali. Ele deve estar usando um visor noturno sobre uma arma de grosso calibre. Ele atirou em Logan e o estilhaço quase me atingiu."

"Então, como vamos neutralizá-lo?"

"Suba Papai."

"O que disse Nicky?"

Nicholas gaguejou, "Hum... Eu disse para tentarmos subir." Marcus havia escutado Madeline!

A área do escritório projetava-se do edifício principal do armazém por cerca de vintes pés e o telhado ficava apenas dez pés acima deles.

"Escute Marcus, você é melhor atirador do que eu. Por que eu não te ajudo a subir no telhado e com facilidade vira a esquina e vê se consegue enxergar o atirador? Ele se encontra a cerca de trinta pés acima do silo. Uma vez que esteja lá, eu vou contar até cinquenta, em seguida você tenta desenhar a mira dele e o retira lá de dentro... vivo se possível."

"Vou tentar, mas a essa distancia, farei tudo o que puder."

Nicholas empurrou Marcus até o telhado. Uma vez encima do forro, Marcus vagarosamente tentou dar uma espiada ao redor da esquina. Lentamente, de modo que o atirador não percebesse o movimento, Marcus levantou a arma e mirou.

Embaixo, Nicholas contava. "... quarenta e oito... quarenta e nove... *cinquenta*!" Se jogando ao redor da esquina sobre o chão, disparou a arma. O homem com o rifle atirou de volta e Nicholas conseguiu ouvir o gemido da bala passando pela sua orelha. Marcus disparou sua arma. O atirador soltou o rifle e agarrou o ombro direito, oscilando sobre as pernas. Em seguida, caiu sobre o corrimão da escada, e acabou sobre o chão, não se mexia.

"Nicky!" Marcus chamou conforme saltava do telhado do escritório. "Você está bem?"

"Estou bem!" respondeu Nicholas se levantando do chão. "Boa mira, amigo- você salvou a minha vida."

"Fico feliz em ter feito isso, meu amigo. Vamos, vamos ver se o atirador ainda está vivo."

Se dispersando, eles se aproximaram do homem que estava no chão, cada um deles com sua respectiva arma apontada. Quando chegaram até ele, ambos notaram que a cabeça do homem estava inclinada em um ângulo estranho. A bala de Marcus havia acertado a parte superior do ombro e não o teria matado, porém o atirador havia quebrado o pescoço na queda.

"Merda!" disse Marcus com aversão. Olhou o rosto do atirador. "Você o conhece Nicky?"

Nicholas estudou os traços do homem, mas não lhe era familiar. "Não."

"Onde está Logan?"

"Dentro do armazém. Esse cara"..., disse ele enquanto chutava o homem morto, "atirou nele pela janela."

Marcus havia encontrado o rifle. "Você estava certo. Uma .223 com visor noturno.Você teve uma baita de uma sorte!"

Nicholas disse, "Não foi sorte, fui abençoado." Ele sentiu um formigamento quente na bochecha e sorriu.

"Eu tenho que registrar isso, mas não quero envolver a policia da cidade se possível. Deixe-me ligar para o meu chefe, e então compararemos as observações," disse Marcus. Retirou o celular distanciando-se alguns metros.

Nicholas distanciou-se para outra direção, olhou para Marcus, que estava distraído no momento. Resmungou baixinho, "Pensei que não pudesse interferir."

"Cala a boca, Papai," Madeline disse em um suspiro.

"E Marcus te escutou."

"Para, Papai!" ela novamente sussurrou.

"Te amo, menininha." Sentiu novamente o formigamento quente sobre sua bochecha. Sorriu e voltou para perto de Marcus. Ele já tinha desligado o celular.

"Meu chefe está registrando o ocorrido para nós. Não podemos excluir a policia da cidade completamente, mas podemos reivindicar jurisdição."

"Por que não mantém a polícia fora disso?"

"Antes, me diga o que o levou até Logan e o que ele te disse."

Assim, Nicholas contou tudo ao seu amigo, começando com o salvamento de Snickers no bar e terminou com Marcus entrando no estacionamento. Omitiu qualquer fato sobre Madeline, é claro. Percebeu que não estava louco, porém não tinha certeza se Marcus acreditaria nele. Além disso, ela era seu segredo... e ele, de maneira ciumenta, o guardava só para ele no momento.

"Ótimo, Nicky. Agora vamos verificar se nosso transgressor tem algum documento."

Caminharam até o corpo e Marcus tentou encontrar a identidade do morto. Nada encontrou.

"Claro. Profissional. Caras assim não carregam identidade por prevenção, caso algo dê errado." Ele fitou Nicholas. "O que eu queria dizer a você é que encontramos uma senhora que mora na mesma rua dos Richardson. Ela estava na janela das três as três e meia no dia em que a garotinha foi raptada. O único carro que ela viu foi o carro da polícia local que fazia uma ronda pela vizinhança. Ela contou ao meu agente que não comentou nada, pois lhe perguntaram se ela havia visto algum veiculo estranho naquela hora. E claro que não havia."

Os olhos de Nicholas se arregalaram. "Você acha que um policial sequestrou a menina?"

"Pense nisso, Nicky. Não tivemos qualquer chamada por três dias. O único carro a passar pelo bairro foi um carro de polícia. Parker não poderia obter pistas sobre o sequestro. Tudo se encaixa. E já houve policiais corruptos antes."

"Então é por isso que quis manter a polícia regular fora disso."

"Sim. Se esse cara," balançando a cabeça em direção ao corpo sobre o chão, "é policial, suas impressões e DNA estarão em arquivo. Se a polícia local estiver envolvida, correremos o risco de interferência com provas. Até que tenhamos certeza de que a polícia está envolvida, e se estiverem, quão alto é esse envolvimento, precisamos manter os fatos o mais secretamente possível."

"Concordo. Mas me faça um favor, Marcus. Quando todos chegarem, por favor, não mencione qualquer coisa sobre Snickers. Não quero que nada aconteça com ele. Tudo que precisam saber é que eu recebi uma pista de um informante."

"Eu não ia mencioná-lo, Nicky. Eu sei o que ele significa para você. E quero muito encontrá-lo um dia."

"Tenho algumas pessoas em minha vida as quais quero que conheça," disse Nicholas. "Uma delas vai te impressionar."

Capítulo 6

O pessoal do FBI chegou primeiro. Com a eficiência usual, o processamento da cena estava indo bem, quando a primeira polícia local chegou. A equipe forense já havia tirado as impressões digitais dos mortos e obtido várias amostras de DNA de ambos. A polícia local era limitada somente ao controle de população e tráfego, ambos desnecessários no parque industrial às três horas da madrugada. Os investigadores de homicídio do departamento policial da cidade não estavam zangados por terem sido excluídos da investigação do tiroteio, pois já tinham casos suficientes para mantê-los ocupados sem ter que incluir esse à carga de trabalho. Depois de conversar com Marcus, eles partiram deixando apenas dois patrulheiros de rua para mostrar presença.

Ambos Nicholas e Marcus foram interrogados, primeiro separadamente, depois juntos. A estória de ambos era sustentada por evidencias, e conseguiram mostrar que os tiros faziam parte da contínua investigação do sequestro de Richardson.

Finalmente, às cinco horas, Marcus disse a Nicholas que podiam ir embora.

"Qual o próximo passo, Nicky?"

"Vou ao pátio ferroviário hoje à noite dar uma bisbilhotada. Quer vir comigo?"

"Pode apostar seu traseiro como quero. Tenho a sensação que estamos no caminho certo."

O celular de Nicholas tocou. Em seguida, foi o celular de Marcus que começou a tocar.

Nicholas atendeu e disse. "Nicholas Turner."

"É Meredith. Alguém atirou em minha janela da frente."

"O que?! Está ferida?!"

"Não, mas você pode vir até aqui?" Ela soava tremula.

Marcus desligou o celular dele. "Nicky! Era o agente que eu deixei na casa dos Richardson. Alguém atirou contra a casa! Temos que ir!"

Nicholas balançou a cabeça entendendo Marcus, e então disse a Meredith, "Marcus e eu estamos indo. Segure firme, Meredith."

"Por favor, rápido, Nicholas. Estou com medo."

"Dez minutos." Desligou o telefone.

"Vamos com o meu carro. Pedirei a alguém para trazer o seu carro mais tarde," disse Marcus.

Eles entraram no carro de Marcus e saíram em disparada. Marcus ligou a sirene e as luzes de emergência.

"Meu agente disse que ele e os peritos estavam sentados na cozinha quando escutaram tiros que vinham da frente da casa," disse Marcus. "Escutaram o barulho de vidro se quebrando, e a Sra. Richardson gritando no andar de cima. Quando meu agente saiu pela frente, o atirador... ou atiradores... já haviam desaparecido. Disse que ninguém se feriu, mas algumas balas atingiram a cama onde a Sra. Richardson dormia. Foi por muito pouco."

"Ela parecia com muito medo ao telefone," disse Nicholas. "É tudo que ela precisava agora. Entretanto, isso prova que estamos no caminho certo em relação ao rapto."

"Como assim?"

"Olha só – se ela ficar fora de cena, a pressão é menor para encontrar a criança." Nicholas tinha um forte senso de determinação em seu rosto. "Eles não me conhecem muito bem, conhecem?"

"Isso mesmo, não é? Você e aquele maldito procurador fizeram com que seus clientes assinassem. Karen é basicamente sua agora, não é?"

"Sim, não deixarei que nenhuma filha minha passe por necessidades." Nicholas sentiu o formigamento sobre o rosto novamente. "Karen tem um pai novamente, pelo menos por ora... e nenhum pai de verdade nunca para de lutar pelo seu filho."

"O que pretende fazer, Nicky?"

"Se não se importar, Marcus, quando chegarmos lá, vou levar Meredith para algum lugar seguro, e deixarei que você cuide dos tiros. Não acredito que tentarão atirar contra a casa dela mais uma vez, mas não quero me arriscar. Acho que estão desesperados."

"Também acho. Quem quer sejam os sequestradores, eles não fazem ideia do que você já sabe, e parece que de forma nenhuma querem se arriscar. E você está esquecendo uma coisa, velho amigo."

"O que?"

"Provavelmente você mesmo esteja em perigo. Chegamos."

A parte da frente da casa estava uma desordem. Todas as janelas de frente para a rua estavam quebradas e um par de persianas pendurava-se tortamente. Alguns dos vizinhos se encontravam fora de suas casas, vestindo roupão de banho e pijamas.

Os dois homens saíram do carro e caminharam até a porta da frente.

"Notou alguma coisa?" disse Marcus.

"Sim, nenhum carro de polícia. Pelo menos um dos vizinhos teria chamado a emergência."

Marcus bateu à porta.

"Quem é?" a voz veio por detrás da porta.

"Moore."

A porta se abriu. O agente do FBI estava guardando a arma. Nicholas forçou a passagem por ele.

"Meredith!" ele chamou. "Meredith!"

Ela veio da cozinha. Nicholas a viu e a envolveu em seus braços, abraçando-a fortemente. Ela retribuiu.

"Você está bem?"

"Eu tive tanto medo, Nicholas."

"Estou aqui agora."

Marcus passou por eles em direção à cozinha e disse, "Vocês dois têm certeza de que não se conhecem?".

Os dois sorriram timidamente e se afastaram. Nenhum deles conseguia explicar a súbita explosão de sentimento que sentiam um pelo outro.

"Descobriu alguma coisa sobre a Karen?" ela perguntou a Nicholas.

"Temos certeza de que estamos no caminho certo. Vamos checar isso hoje à noite. Eu te conto tudo mais tarde. Agora, eu quero que você faça uma mala para algumas noites. Vou levá-la para um lugar seguro. E, antes que diga qualquer coisa, os peritos e o FBI ficarão aqui, por prevenção, mas eu creio que não receberemos mais ligações dos sequestradores."

Meredith estudou o rosto dele por um momento. "Está bem, Nicholas. Vou fazer a mala imediatamente." Ela seguiu para o andar de cima.

Ele foi para a cozinha. Os dois peritos, Mickey e Ronnie, estavam conversando com Marcus. Estavam visivelmente abalados, porém nenhum dos dois queria abandonar suas funções. Eles cumprimentaram Nicholas assim que entrou na cozinha.

"Nicholas, esse é o agente Adams," disse Marcus. Cumprimentaram-se com as mãos. "Conte a ele o que me disse Adams."

"Definitivamente era uma arma automática. As balas vieram rápido demais para ser outra coisa. Como eu disse ao Agente Moore, quando cheguei à frente da casa, o atirador já tinha partido. Eu liguei para o Agente Moore e em seguida tentei proteger a área o máximo que pude enquanto protegia os três civis. Um carro da patrulha local veio até, mas eu disse a eles quem eu era e que se tratava de um assunto do FBI, e foram embora."

"Quanto tempo depois dos tiros a patrulha chegou?" perguntou Nicholas.

"Cinco minutos, no máximo."

Nicholas assentiu com a cabeça.

"Onde está a Sra. Richardson?" Marcus perguntou a Nicholas.

"Fazendo a mala para alguns dias."

"Ótimo. Não diga a ninguém para aonde vai leva-la. Vou te ligar à noite e vamos investigar o local sobre o qual estávamos discutindo."

"Parece bom, Marcus, tenha cuidado."

"Você também. Lembre-se do que eu te disse."

Nicholas assentiu. Ele caminhou para o hall de entrada e ficou parado ao lado da escada, esperando por Meredith. Olhou ao redor para certificar-se de que não havia ninguém por perto, em seguida disse baixinho, "Como estou me saindo, menininha?"

"Muito bem, Papai," sussurrou Madeline.

Ele sorriu. Meredith desceu pelas escadas carregando uma pequena mala esportiva. Ela notou que Nicholas sorria e pensou que fosse para ela, ela sorriu de volta.

"Meu brilhante cavaleiro," ela lhe disse.

"Talvez, mas o fiel cavalo desse cavaleiro está estacionado em frente a um armazém. Teremos que usar o seu hibrido."

Ela pegou as chaves dentro da bolsa e as entregou para ele.

Na porta de entrada, Nicholas parou e verificou a área, em seguida fez sinal a Meredith para que o seguisse. Entraram no carro e saíram em direção ao escritório de Nicholas.

"É o lugar mais seguro que eu posso pensar," ele disse a ela. "Ninguém imaginará que eu te leve para lá."

"Até quando meu carro for visto estacionado no prédio do seu escritório."

"Não necessariamente. Espero te esconder à vista."

"O que está acontecendo, Nicholas? Por que atiraram em minha casa?"

"É uma longa estória, Meredith. Antes de começar a conta-la, eu preciso que me responda uma coisa da forma mais honesta possível."

"Tudo bem. Pergunte."

"O que você sente por mim?"

Ela virou-se para olhá-lo. "Antes de responder, eu devo dizer-lhe uma coisa. A noite passada, eu perguntei sobre você ao Agente Moore. Ele me contou o que aconteceu com você durantes todos esses anos, e o que tem feito desde então. E então, me disse que você é "magnético, foi assim que ele se referiu.".

"Ele me disse a mesma coisa sobre você. Acho que o Marcus está dando uma de cupido."

"Você pode ser Cupido se a atração existe. No meu caso, existe." Ela sentou-se por um minuto. "Eu simplesmente não consigo acreditar que estou discutindo a minha atração com você com tudo o que está acontecendo no momento. Entretanto, respondendo a sua pergunta, nunca acreditei em amor à primeira vista. Sempre achei que se tratasse de desejo somente ou esperança equivocada. Até agora."

Ela continuou, "Eu senti que estava apaixonada por você no primeiro momento em que te vi. Não consigo explicar. Não vou tentar. Só vou confiar em meus sentimentos."

"Eu entendo. Eu tenho os mesmos sentimentos por você. E pela Karen. Na verdade eu a chamei de minha filha um pouco mais cedo, e eu nunca a encontrei." Ele olhou para ela. "Obrigado por ser honesta. Significa que eu posso confiar em você em relação ao que vou te dizer agora. Partes dessa estória podem parecer difíceis de acreditar, mas é tudo verdade. Tudo começou pouco antes de você vir ao escritório...".

Ele começou lhe contando sobre o momento em que acordou e viu Madeline, e terminou com a pergunta que lhe havia feito pouco antes que deixassem a casa há alguns minutos. Enquanto contava a sua estória a Meredith, chegaram ao edifício do escritório. Ele concluiu a estória quando estava abrindo a porta, eles entraram.

"Deixe-me ver se eu te entendi, Nicholas. Você está dizendo que a sua filha não nascida está te ajudando a encontrar a minha filha, pois ela supõe que devemos ficar juntos?"

"Bem... sim. Essa é uma boa maneira de se colocar a situação, creio eu."

"E por causa dela, você evitou que seu amigo fosse ferido, encontrou a pessoa que poderia lhe dar uma pista sobre o desaparecimento de Karen e que pediu para que baixasse a cabeça quando tentaram atirar em você salvando sua vida."

"Eu sei que parece loucura, Meredith."

"Loucura não é a palavra certa para isso. Por favor, poderia entregar-me as chaves do meu carro? Eu não vou ficar ao lado de um individuo psicótico!"

Nicholas sentiu uma suave brisa conforme dava um passo em direção a ela. "Meredith, por favor. Tente abrir sua mente..." Ele parou. Uma brisa? Que vinha de onde? Parecia se tornar mais forte...

"Mente aberta?" Meredith gritou. A brisa começou a tornar-se vento. Papeis voaram da mesa de trabalho. As folhas da figueira ficaram agitadas. "Sua mente aberta aparentemente permitiu algo maluco!"

"Meredith, Eu acho melhor você parar," disse Nicholas.

"Parar?! Parar o que? Seu ar condicionado quebrado? Ou parar de constatar que você é maluco?"

"MEU PAI NÃO É LOUCO!" gritou Madeline, ecoava de todo lugar. "VOU TE MOSTRAR SUA LOUCA, MALDOSA VELHACA!"

"Madeline, NÃO!" gritou Nicholas. Ele tinha dificuldades para ser ouvido com todo aquele barulho dentro do escritório. Papeis voavam para todo lado. A figueira caiu ao chão. "Pare com toda essa cólera agora, garotinha!"

O vento parou abruptamente. Os papeis caíram ao chão.

Meredith tinha um olhar de incredulidade em seu rosto. "O que, em nome de Deus, foi isso?"

"Você está bem?" perguntou a Meredith. Ela olhou para ele com olhos arregalados e assentiu com a cabeça. "Que bom. Madeline! Mostre-se e isso significa, *imediatamente*!"

Madeline no meio de uma névoa foi tornando-se visível. Ela se encontrava de pé com os braços cruzados entre Nicholas e Meredith, olhando para Meredith com uma expressão de raiva.

"Papai, estou brava com ela," disse Madeline. "Você não é louco, ela que é."

Ele estendeu o braço para tocá-la e novamente o mesmo passou através dela. Quase não sentiu o formigamento.

"Desculpas a Meredith."

"Não."

"Madeline Louise, você se desculpará imediatamente."

"Mas, Papai..."

"Agora."

Ela bateu o pé e virou para Meredith. "Desculpa," ela disse com os braços cruzados, olhando para o chão.

"Está tudo bem, eu também peço desculpas." Disse Meredith, com os olhos arregalados. "Nicholas, eu... eu não estou me sentindo bem..." Ela caiu no chão.

"Papai, por que todo mundo desmaia quando estou por perto?"

Nicholas começou a dar risada enquanto pegava Meredith. Carregou-a de volta à sala, colocando-a delicadamente sobre o sofá. Madeline foi atrás dele. Foi até o banheiro e umedeceu uma toalhinha com água fria. Virou-se para Meredith e pousou o pano umedecido sobre a testa dela. Ele ainda estava rindo.

"O que é tão engraçado, Papai?"

"Eu só estava pensando na expressão do seu rosto quando iniciou sua aparição."

"Não é engraçado," disse Madeline. Ela começou a sorrir também. Em seguida começou a soltar risadinhas. "Acho mesmo que eu parecia engraçada, não parecia? Mas eu estava tão brava com Meredith, não consegui me controlar!"

Os dois davam risada agora. Nicholas imitou a expressão de raiva de Madeline, o que a fez soltar ainda mais risadinhas. Então, Madeline imitou a reação de Meredith e ambos riram mais alto.

"Eu espero que estejam se divertindo juntos," disse Meredith. "Faz pouco tempo desde que me tornei o objeto do ridículo."

Nicholas e Madeline ficaram surpresos por terem sido pegos por Meredith. Os dois caíram na gargalhada novamente. Meredith sentou-se, dobrou a pequena toalha e então começou a soltar risadinhas. Logo, os três estavam gargalhando.

Alguns minutos depois, tentaram de se recompor.

Nicholas perguntou a Meredith, "Bem, você ainda acha que sou maluco?"

"Talvez, mas não por causa de sua filha. Eu acredito naquilo que vejo. Madeline," disse Meredith. "Você pode se aproximar de mim um pouco mais, por favor?"

Madeline aproximou-se do sofá e ficou em pé de frente a Meredith. Nicholas olhava da mesa de jantar. Esse era o momento delas e ele não se intrometeria. Meredith estendeu o braço para alcançar a mão da criança. Ela, também sentiu o caloroso formigamento quando sua mão passou através de Madeline. Ela tentou mais uma vez, tendo o mesmo resultado. Ela olhou nos olhos de Madeline.

"Como está Karen, Madeline?"

"Ela está bem. Não foi ferida, se é isso que quer saber. Ela está assustada, mas ela conhece o Papai... quero dizer que ela não está muito preocupada."

Meredith olhou para Nicholas. Ele assentiu. Ele também foi pego.

"Como ela sabe que seu pai está procurando por ela?"

Madeline parecia desconfortável. "*Num* sei."

"Madeline, você contou para ela sobre o seu pai? Pode conversar com ela?"

Madeline olhos para Nicholas. "Pa-paii," ela falou suplicando.

"Responda à pergunta, menininha."

Ela olhou para o chão e assentiu. "Eu contei para ela."

"Você pode falar com ela a qualquer hora?"

Madeline assentiu com a cabeça.

"Você tem de ir embora para falar com Karen?"

Ela assentiu de novo.

"Você dirá a ela sobre mim?"

"Acho que sim."

"Por favor, diga a ela que a amo muito, e que vamos buscá-la assim que possível. Você se lembrará disso?"

"Claro! Quer que eu vá agora?"

"Em um minuto, Madeline. Quero te pedir outro favor."

"Sim, Meredith. O que ?"

Meredith olhou para Nicholas. Ele gesticulou como se dissesse que aquilo ficava entre eles dois. Ela se virou novamente para Madeline.

"Seu pai me disse que você consegue se tornar 'real', digamos assim. Pode fazer isso para mim agora?"

Madeline confirmou que sim. "Mas não consigo ficar por muito tempo. Usa muito de minha energia."

"Eu sei disso. Não vou te segurar por muito tempo."

Madeline fechou os olhos e concentrou-se. O brilho branco começou a envolvê-la mais uma vez, como havia ocorrido com Nicholas mais cedo. Tornava-se mais brilhante e parecia que vinha de dentro e de fora da menina. Quando a luz empalideceu, Madeline abriu os olhos.

Meredith tocou as mãos de Madeline e a fitou dentro dos olhos. "Obrigada. Por confortar Karen, por unir eu e seu pai, por nos ajudar... obrigada."

Madeline sorriu. "De nada, Meredith," disse ela. Ela se inclinou mais perto de Meredith e disse baixinho, "Você faz o Papai muito feliz. Ele vai te dizer se perguntar.".

Meredith deu risada. "Eu vou perguntar para ele, querida. E quanto a você, para te mostrar que eu esqueci o seu ataque de raiva, quero te dar algo." Meredith rapidamente a puxou para seus braços e começou a lhe fazer cócegas. Madeline ria e contorcia-se. Meredith também ria e continuava com as cócegas. Depois de algum tempo, ela parou de fazer cócegas em Madeline, a abraçou apertado e beijou suas bochechas.

"Você é um querida, Madeline. Desculpe-me por ter duvidado de você e de seu pai."

"Tudo bem, Meredith. É melhor eu voltar agora."

"Está bem."

"Espere um minuto", disse Nicholas. "Eu não quero desperdiçar um minuto "real". Você, vem aqui!"

Madeline correu para os braços do pai e o abraçou apertado. Ele beijou uma bochecha e depois a outra.

"É melhor voltar, bebezinha!" ele disse a ela.

"*Tá.*" Ela fechou os olhos novamente. O brilho reapareceu e desapareceu. Ela abriu os olhos. "Vou ver Karen agora. Eu acho que vocês querem ficar sozinhos, não querem?"

"Safadinha," disse Nicholas.

Madeline sorriu e desapareceu.

Nicholas foi para o sofá e se sentou o lado de Meredith.

"Você está bem?" ele perguntou.

"Na medida do possível considerando as circunstâncias. É muito impressionante, não é?"

"Só pode estar brincando. Você está encarando tudo isso muito bem considerando que se passou apenas uma hora desde o ocorrido. Eu só fiquei sabendo dela há cerca de doze horas e eu ainda continuo estupefato."

"Você percebe as implicações da presença dela, não percebe, Nicholas? Ela é a resposta para a dúvida de muitos, como por exemplo, se existe vida após a morte, ou se há um poder maior... ou qualquer que seja sua duvida teológica, Madeline é a resposta."

Nicholas concordou. "Você está certa. Mas ela provoca mais perguntas do que as responde, Meredith. Você viu o que ela fez quando estava brava. Me faz pensar quão poderosa ela realmente é... e se é assim tão poderosa, se eu poderia manter o poder dela quando só consigo tocá-la quando ela se faz 'real'. Ninguém me deu um manual de instrução quando ela apareceu."

"O que ela é, Nicholas? Quero dizer, eu sei *quem* ela é, mas *o que* ela é?"

"Ela não é um fantasma. Eu perguntei isso a ela e me disse que não era. Acho que é verdade. Como você pode ser um fantasma se nunca nasceu?" Refletiu por um minuto. "Eu acho que é a alma dela. Acho que a alma dela, talvez,... tenha sido destinada a ela quando foi concebida. E então, quando por qualquer motivo, houve o aborto, ela preferiu ficar ao lado da mãe primeiro e depois ao meu lado. E talvez eu esteja simplificando demais as coisas, entretanto eu creio que seja isso."

"Você tinha ideia de que ela estava falando com a Karen?"

Ele balançou a cabeça. "Não. Há muitas coisas acontecendo com a Madeline que eu quero saber. Ela veio até mim com 'restrições', porém ela já desrespeitou varias delas, e nada de errado lhe aconteceu. Ainda está aqui e aparentemente não foi punida por qualquer coisa." De repente ele se lembrou da forma em que ela apareceu no carro. Parecia que ela estava discutindo com alguém e a frase dela terminou assim, "não pode me obrigar." Ele relatou para Meredith.

"O que você acha que isso significa, Nicholas?"

Ele riu de forma abafada. "Se ela puxou alguma coisa de mim, eu creio que ela foi malandrinha. Ela está fazendo tudo o que ela mais gosta sem se importar com quem gosta ou não. Jane era um pouco assim também, mas não tanto quanto eu." Ele se recostou no sofá e esfregou os olhos. "Diabos, eu estou cansado. Estou atividade por quase vinte e quatro horas."

Meredith inclinou-se e colocou a cabeça no peito dele. "Você acredita que logo encontraremos a Karen?"

Ele respondeu de forma cansada, "Eu acredito que sim. As coisas estão vindo à tona muito rapidamente. Os sequestradores cometeram muitos erros e estão ficando desesperados. Marcus e eu iremos averiguar o pátio ferroviário hoje à noite. Outra vantagem é a nossa pequena arma secreta. Sabe, estou pensando na habilidade dela em se tornar 'real'..."

Ela indagou em voz baixa, "Você acha que ela está certa sobre eu e você?"

Nicholas não respondeu. Ele rapidamente caiu no sono.

Capítulo 7

Nicholas sonhava.

Ele estava no piquenique mais uma vez, e sua cabeça ainda permanecia sobre o colo da Jane.

"Nicholas," disse Jane.

"Um-hmm," ele respondeu.

"Você está certo em relação à Madeline. Ela está decidida em ficar com você."

"Isso é bom, Janey. Eu preciso dela."

"E ela precisa de você. Porém eu estou preocupada com ela. Todos nós temos o livre arbítrio, isso significa que a escolha por ficar será dela."

"Então, qual é o problema? Por que está preocupada?"

"A situação dela é única, Nicholas. Se ela tivesse tido uma vida normal e uma passagem natural, uma vez que estivesse aqui, ela não poderia ir até você, exceto através de sonhos, como eu. Se a alma dela não tivesse sido destinada ao feto, essa situação não teria acontecido."

"A maioria dos espíritos na situação de Madeline opta por transferir-se para outro feto. Ela optou por permanecer como se ela tivesse nascido. Sua alma continua a envelhecer como se fosse uma criança de verdade e continuará assim até que decida outra missão. O que me preocupa é que ela possui todo o poder daqueles que são chamados de anjos em seu mundo e ela não faz ideia do poder que tem- e ela tem o livre arbítrio. Ela não pode ser chamada de volta, a menos que ela queira voltar e nem o seu poder pode ser limitado. Só que ela tem a opção de voltar para cá."

"A menos que o eu "real" dela morra."

Nicholas deixou por um momento, que aquilo se dissipasse dentro dele. Ele sentou-se e olhou para a Jane.

"Você está me pedindo para matá-la?"

"Não é uma opção a ser considerada."

"Não, não é." Levantou-se e disse firmemente," Pela primeira vez na vida dela *e* na minha, Madeline e eu tivemos a oportunidade de passar um tempo juntos como pai e filha. Eu nunca tomarei essa decisão por ela."

"Parece-me que alguém aqui encima está arrependido de ter me dado esse 'presente'. Bem, -disse com voz de choro- *fazer o que*! Ela é o meu presente e não viu desistir dela. Eu fui enganado por uma vida feliz quando eu perdi você e Madeline. Agora, eu estou tendo outra chance com Meredith e Karen e também tenho a minha própria filha. Posso estar sendo egoísta, mas não vou desistir de nada disso... e eu não consigo acreditar que você, entre todas as pessoas, me pediria para fazer isso, Jane."

"Ela só foi enviada para ajudá-lo com a Meredith e a Karen. Ela não pertence ao seu mundo, Nicholas."

"E daí?"

Jane sorriu. "Pediram-me para que eu tentasse argumentar com você, Nicky. Eu o fiz. Agora, quanto a mim, eu aprovo a Meredith e estou muito feliz por vocês. Eu sabia que não desistiria dela e fico contente por isso. O seu caráter cabeça dura foi um dos motivos pelo qual eu me apaixonei por você. Ame nossa filha, meu marido. Parece-me que você a terá por algum tempo. E boa sorte."

Nicholas acordou. Estava deitado no sofá com uma coberta sobre ele. Ele escutou risadas que vinham do escritório. Ele chutou o cobertor, levantou e foi ver o que era tão engraçado.

Meredith e Madeline se encontravam no escritório, dando risadas. Quando ele surgiu à porta, Meredith disse, "Bem, olhe quem está de volta ao mundo dos vivos!"

Madeline riu da remarca.

Nicholas disse, "Sou mais real do que imagina. Que horas são?"

"Três horas" respondeu Meredith.

"O que vocês estavam fazendo aqui?"

Meredith olhou para Madeline. "Acha que devemos mostrar para ele?"

Madeline assentiu com a cabeça. "Olha, Papai."

Ele se recostou no batente da porta e olhou sua filha. Ela brilhou intensamente, tornando-se 'real'. Havia algumas latas de refrigerante cheias sobre a mesa. Madeline pousou a mão sobre uma delas, e então fechou os olhos e voltou ao seu estado normal. Ela retirou a mão da lata.

"Beba algo, papai," ela disse.

Lançando-lhe um olhar desconfiado, ele estendeu a mão para pegar a lata que havia sido tocada por ela.

A mão dele passou através da lata. Duas vezes. Ambas Meredith e Madeline deram risada.

"Meredith disse que eu deveria fazer o mesmo com uma cadeira e pedir para você se sentar. Eu disse a ela que isso seria maldade." Em seguida, ela riu novamente. "Mas teria sido engraçado, Papai."

Nicholas mal ouviu Madeline. Ela havia mudado algo real em algo transparente! *Ela havia transportado um objeto real para o mundo espiritual no qual vivia!* Se ela conseguia fazer aquilo com uma lata de refrigerante... as implicações disso eram incríveis! Ele puxou a cadeira de cliente e sentou-se. *Caramba*! Ele pensou. *Será que só faz com objetos menores? Será que o faria com uma cadeira, ou um carro, ou...*

"Nicholas? Você está bem?" perguntou Meredith.

"Não está bravo comigo, está Papai?" perguntou Madeline.

Ele balançou a cabeça. "Madeline venha aqui." Ela caminhou até ele e parou na sua frente, parecia confusa.

"Eu fiz alguma coisa errada, Papai?" ela perguntou.

"Não, querida, de forma alguma", ele respondeu. "Tenho algo sério para lhe perguntar". Ele apontou para a lata de refrigerante. "Você consegue fazer o mesmo com uma pessoa?"

Meredith ficou surpresa. Madeline parecia assustada.

"Papai, eu não posso. É uma restrição."

"E daí, Madeline? Você tem livre arbítrio, e você já o usou quando escolheu ficar comigo, não foi?"

Ela balançou a cabeça concordando.

"E ninguém pode fazê-la voltar se você não quiser, pode?"

Novamente concordou com a cabeça.

"Então, quem se importa se é uma restrição? Eles não podem fazê-la voltar se não quiser, e não podem retirar seus poderes. Estou certo?"

"Sim. Mas Papai...".

"Espere um pouco, docinho. Você disse que tornar-se 'real' suga muito de sua energia, entretanto, eu não vi evidencias sobre isso. Te disseram isso antes de você vir para cá?"

Ela assentiu.

"Olha só, Madeline... eu acho que eles mentiram para você."

Meredith engasgou. "Nicholas! O que você está dizendo?"

"Eu acabei de ter uma conversa com a Jane..."

"Você falou com a Mamãe de novo?"

Nicholas assentiu, e continuou, "Ela falou que os poderes, que queria que eu..." ele fez uma pausa. "Falasse para a Madeline voltar, pois ela tinha livre arbitrário e tinha escolhido ficar aqui comigo e que *eles não podiam obrigá-la a fazer nada que ela não quisesse fazer.* Claro, eu recusei, porque está na hora de ser egoísta, por mim e por Madeline".

"Porém estão preocupados. Madeline aparentemente possui grandes poderes devido a sua situação. Jane comparou o poder dela ao poder dos 'anjos'. Desde o momento em que ela escolheu voltar, disseram a ela que havia restrições em relação às coisas que poderia fazer aqui, contando com o fato de que ela é basicamente uma criança, lhe confiando o que disseram."

"Talvez eles não tenham mentido para ela, mas a enganaram."

"Nicholas," disse Meredith. "Por que a teriam enganado?"

"Eu não tenho certeza, mas talvez para manter a raça humana sem saber que há vida após a morte. Talvez para manter todo o mistério da vida no desconhecido."

Virando-se para Madeline, que escutava aquilo com uma frustração que crescia, ele disse, "E isso é o que faremos Maddy. Manteremos você em segredo. Usaremos seus poderes quando precisarmos, porém não explicaremos isso a eles e mentiremos se tivermos de mentir. Sua mãe me contou que você escolheu permanecer com o sua missão e que escolheu crescer como se você tivesse nascido. Isso a torna uma garotinha de dez anos com todos os impulsos e dores de alguém com essa idade. Eu acho que, por dentro, você ainda mantém uma maturidade que possuía quando fora criada, então eu acho que, lá no fundo, você vai entender o que vou dizer agora. Você terá de confiar em mim para tomar decisões, e algumas dessas decisões podem ir contra aquilo que você quer fazer. Você precisa ficar aqui e permitir que seja orientada como se fosse uma garotinha de dez anos de verdade. Você consegue fazer isso? Você confia a mim e Meredith as suas decisões?"

Madeline refletiu por um instante, e disse, "Você está certo, Papai. E eu confio em vocês... eu sabia disso antes de chegar aqui. Combinado.".

"Uma pergunta. A lata de refrigerante- você pode transformá-la de volta?"

"Claro, Papai. Isso é fácil."

Nicholas disse, "Certo, garotinha. Olha o que eu quero que faça." Ele respirou fundo. "Transforme-me."

"Nicholas, não!" disse Meredith. "O que está cogitando é algo ousado e perigoso. Se tratam de coisas que não podemos saber! Você não sabe o que pode acontecer!"

Ele disse a Meredith, "Eu acho que sei o que acontecerá comigo. Serei a cobaia." Virou-se para Madeline ele disse, "Mais uma pergunta. Eu vou conseguir passar através de paredes e ir para aonde eu quiser?"

"Você será uma essência da alma, como eu. Vai conseguir ficar invisível e ir para aonde quiser só de pensar sobre isso. Só não vai ter todos os meus poderes."

"Faça-o, garotinha."

Madeline fechou os olhos e se tornou 'real'. Abriu os olhos e olhou para Nicholas. "Papai, tem certeza de que está pronto para isso?" Ele assentiu. "Está bem, Papai, me dê as mãos e feche os olhos." Ele o fez.

Enquanto Meredith assistia, Madeline fechou os olhos. O brilho esbranquiçado envolveu a ambos e parecia brilhar ainda com mais intensidade. Para Meredith, o brilho durou mais tempo do que normalmente durava. Gradualmente desvaneceu-se.

Para Nicholas, era como se estivesse sendo banhado com uma quentura suave que lhe dava arrepios ao mesmo tempo. Sentiu-se em paz, e conseguia sentir o amor de Madeline fluindo sobre ele como uma onda morna na praia. Quando o brilho desapareceu, ele ainda sentia tudo aquilo. Sentia também a preocupação de Meredith, o amor dela por Karen, Madeline e por ele. Era um sentimento incrível e indescritível. Madeline soltou as suas mãos.

"Papai, pode abrir os olhos agora. Estou bem aqui se precisar de mim."

Nicholas abriu os olhos para um mundo de luz. Ele prendeu a respiração rapidamente. Tudo em torno dele brilhava em uma infinidade de cores luminosas. A mesa, o computador, os armários de pastas, tudo cintilava num tom azul pálido luminoso. Meredith era envolvida por um brilho branco que aos poucos foi se transformando numa faixa espessa amarela pálida e em seguida, um azul escuro conforme se aproximava de seu corpo. Esferas de luz de todas as cores imagináveis passavam para dentro e para fora do escritório, atravessando as paredes como se elas não existissem. De vez em quando, uma figura que parecia humana passava, indo para cima e para baixo. Ele notou que aqueles que se dirigiam para cima estavam rodeados por cores brilhantes e aqueles que iam para baixo brilhavam em cores extremamente escuras. Era muito mais belo do que jamais teria imaginado. E então, olhou para Madeline.

Ela ainda era Madeline, porém rodeada por um brilho branco pálido. No ponto onde os ombros encontravam o pescoço, uma luz branca luminosa caia como cascata para a esquerda e para a direita seguindo até o chão. As luzes em cascata não eram asas, mas pareciam-se muito com elas. O azul nos olhos dela cintilava com uma intensidade, que normalmente, feririam os olhos dele.

"Oh, Madeline, você é tão linda," disse Nicholas. "Tudo é tão incrivelmente belo! É assim que você sempre enxerga tudo?"

Ela assentiu. "Exceto quando estou 'real', Papai."

"As cores são tão luminosas. O que todas elas significam?"

"Olhe para a Meredith, Papai, e eu vou te contar. A brancura de fora é a bondade dela. Está vendo como é larga? Isso significa que ela é uma boa pessoa. A faixa amarela larga é o amor dela por todos nós- Karen, você e eu. O azul escuro perto do corpo é a sua preocupação por Karen e por você." Ela gesticulou em direção ao escritório. "Tudo tem uma áurea em torno de si, até mesmo coisas como uma mesa ou uma lata de refrigerante. Tudo aqui tem uma cor azul pálida, porque você os usa para realizar coisas boas."

"As esferas que você vê atravessando são os mensageiros. Não são bem o que chamamos de 'anjos', mas estão próximos. Eles passam mensagens daqueles que estão no comando às pessoas que estão fazendo seus trabalhos aqui na terra. Atos aleatórios de bondade geralmente resultam de pinceladas de cores. Quanto mais brilhante a cor, mais bondade contém na mensagem. Tente não interferir com as esferas de cor escura, apesar disso. Elas obviamente servem a um poder mais escuro. Podem causar atos de violência e terror se você tocar uma delas sem querer."

"Seus lábios não estão se mexendo."

"Estamos nos comunicando telepaticamente."

"Você soa diferente... mais madura."

"É porque eu sou mais que apenas a Madeline aqui. Sou a soma de você, Mamãe e eu mesma."

Nicholas apontou para as luzes em cascata que vinham dos ombros dela. "O que são elas, Madeline?"

"Elas representam a minha energia e a minha força vital. Antes de ser concebida, eu era o que vocês chamam de 'anjo'. Já faz muito tempo que fui enviada para uma pessoa, eu escolhi ser enviada a você e a Mamãe devido a inúmeras coisas, e ao potencial que vocês carregavam. Vocês não foram os únicos tratados de forma injusta quando meu corpo foi abortado e a mãe que escolhi morreu."

"O potencial que você e a Mamãe carregavam está presente novamente, Papai, com você e Meredith. Olhe para os seus ombros."

Nicholas olhou primeiro para o ombro direito e depois para o esquerdo. Ele, também, possuía a luz em cascata que saíam de seus ombros, embora não fossem tão brilhantes ou completas como as de Madeline.

"Como eu posso tê-las, menininha? Não sou nenhum anjo."

"Se você permanecer no caminho em que está, o potencial está aqui para que se torne um. As pessoas que fazem o bem extraordinário, normalmente se tornam um."

"Isso é fantástico! Meredith, você devia ver isso!"

"Ela não consegue nos ver nem nos escutar, Papai. Estamos num plano de existência o qual os olhos humanos não podem registrar. Eu te trouxe para um lugar superior àquele que imaginaria que eu te trouxesse, de modo que possa ter uma ideia de quem e o que sua filha realmente é, e para te dar esperança no futuro e mostrar o que o bom trabalho que você realiza deverá te proporcionar. Quando retornarmos a um plano levemente inferior, ela será capaz de nos ver e nos escutar, e o tempo não haverá passado."

Uma figura humana atravessou o escritório, movendo-se diagonalmente para cima, banhada em uma luz amarela pálida.

"O que são as figuras humanas que passam por aqui, Madeline?"

"O que você acha que elas são?"

"Eu acho que são... pessoas que acabaram de morrer, e estão a caminho do lugar de onde você veio."

"Muito bem, mas nem todos vão para o bom caminho. Você se lembra de que as esferas de cor escura servem a outro poder? É a mesma coisa com aqueles que morreram. Se estiverem rodeados por uma luz escura, vão para outro lugar."

Nicholas olhou ao redor maravilhado. Não queria retornar ainda... inferno, ele nunca quis voltar. Ele pensou em fazer mais algumas perguntas à filha.

"Duas perguntas, garotinha: Primeiramente, como você troca de um lugar para outro?"

Ela sorriu para ele. "Eu sei aonde você quer chegar com isso, mas vou responder de qualquer maneira. Eu penso onde desejo estar ou quem eu quero ser. Pensar é estar lá."

"Você consegue transportar alguém que você transformou?"

"Sim."

"Você sabe o que vou lhe perguntar, não sabe?"

"Sim. Estou surpresa pelo quanto que demorou a fazer essa pergunta, Papai."

"Eu odeio ter de deixar isso aqui, mas eu acho que está na hora de voltarmos."

Ela concordou. "Feche os olhos e me dê suas mãos."

O retorno foi como se ele tivesse sido puxado de uma cama quente e jogado em uma ducha fria. Nicholas sentiu a quentura que o envolvera, o havia deixado abruptamente, e quando retomou consciência de seu corpo, sentia como se estivesse numa jaula. Quando abriu os olhos, tudo estava de volta ao normal. Madeline ainda segurava suas mãos. Ele a puxou para mais próximo dele e a abraçou com força.

"Obrigado, minha querida filha," ele sussurrou no ouvido dela. "Aquilo foi um presente maravilhoso."

"De nada, Papai. Eu te amo."

"Eu também te amo, menininha."

Meredith os fitava atentamente. "Estou esperando alguém me explicar o que acabou de acontecer aqui, por favor."

"Meredith, foi fantástico," disse Nicholas. "O mundo é repleto de luz e cores, com coisas acontecendo ao nosso redor que desafiam qualquer explicação. Não consigo encontrar palavras que explicariam isso suficientemente. Uma coisa é verdade, apesar disso... nós realmente temos um anjo entre nós."

"Madeline, eu quero que você se torne 'irreal' imediatamente."

"Por quê?"

"Vou explicar depois que o fizer, querida. *Tá* bem?"

"*Tá*." Ela fechou os olhos, se transformando, e em seguida, abriu os olhos novamente.

"Uma das coisas da qual sabemos é que você pode se machucar ou até mesmo morrer quando se faz 'real'. Não importa o quanto sejam evoluídos esses seres, seja Deus, Carma ou qualquer outro, eles querem você de volta. Eles instruíram a sua mãe para que me convencesse a provocar a sua morte, assim você se tornaria um espírito ao invés de uma essência da alma. Eu recusei na hora. Você escolheu ficar aqui e você tomará a decisão de voltar... porém quando estiver pronta para ir."

"Portanto, aparentemente esse é o único momento onde você está vulnerável. Faremos o possível para limitar sua vulnerabilidade. Você só se transformará quando puder ser protegida. Ponto. Entendido?"

"Sim, Papai."

"Agora, por outro lado, o que preciso que faça agora é o seguinte: Vá até Karen, transforme-a como fez comigo e traga-a para cá. Mas, faça-o somente se tiver certeza de que não há ninguém te vendo, exceto ela. Você entendeu?"

"Sim, Papai."

"Madeline, tenha cuidado."

"Eu vou ter, Papai. Estarei de volta num minuto!" Ela sorriu alegremente e desapareceu.

Meredith tinha um olhar atordoado no rosto. "Meu Deus, Nicholas! Vai ser assim tão fácil?"

Aproximou-se dela e a abraçou. "Eu espero que sim, Meredith. Ela viaja pelo pensamento, portanto não deve levar muito tempo para que volte com Karen. Eu tive a ideia assim que vi vocês duas brincando com a lata de refrigerante. Se a Madeline conseguir resgatar a Karen, a Karen poderá identificar os sequestradores. Marcus e eu iremos pegá-los depois disso."

"E depois, o que acontece, Nicholas?"

"Depois que os sequestradores forem presos, iremos a julgamento. Você e principalmente a Karen terão que depor em tribunal sobre o sequestro."

"Como explicaremos o resgate? Não poderemos contar que foi a sua filha-'anjo' que transportou Karen para longe deles."

Ele refletiu por um minuto. "Eu vou pensar numa estória da qual eu e a Karen possamos nos lembrar, e vamos nos ater a isso. No momento, estou preocupado em trazer a Karen de volta em segurança. Todo o resto vai se encaixar."

Sentaram-se nas cadeiras do escritório e esperaram. Meredith pegou um lenço dentro da caixa e enxugou os olhos. De vez em quando, Nicholas pegava na mão dela e apertava-a. Nicholas levantava-se, dava algumas voltas pelo escritório e depois se sentava novamente. Ele e Meredith tentaram conversar, porém os dois estavam tão preocupados que era impossível manter uma conversa. Meredith havia torcido tanto o lenço que se tornara uma confusão só, de maneira que ela o jogou na lixeira. Nicholas, novamente, andava pelo escritório.

Após quinze minutos, Meredith perguntou, "É normal levar todo esse tempo?"

"Eu não sei, mas acho que não. Ela deve ter tido problemas."

"Oh, Deus, Nicholas, Não vou aguentar muito mais! Agora eu estou preocupada com as *duas*!"

"Também estou. Deixe-me tentar uma coisa", ele disse. "Madeline!" ele chamou. "Consegue me ouvir, filhinha?" Ele aguardou alguns instantes. Não havia resposta. "Madeline! Responda, querida!"

Madeline apareceu. "Papai, não consegui chegar até ela. Eles estão tirando ela de lá! Por isso, demorei tanto!"

"Tirando-a de lá? Para aonde?"

"levaram ela para o pátio ferroviário, Papai, e não conseguiria chegar até ela, sem que ninguém me visse. Estão guardando ela como se estivessem prestes a fazer alguma coisa com ela."

Ela olhou de lado para a Meredith. "Ela estava chorando, Papai, ai ele bateu nela." Meredith caiu sobre a cadeira. "Eu fiquei brava e quis fazer alguma coisa, mas eu me lembrei do que você me disse."

"Você fez o que era certo, querida. Mas quem a estapeou?"

"Aquele policial que você encontrou na casa de Meredith. Parker. Ele é o chefe, e tem mais quatro policiais com ele. Um deles é aquele que te deu uma multa. Martin."

Capítulo 8

Uma lágrima lentamente escorreu pelo rosto de Meredith. Nicholas percebeu, e seu coração pesava. E também reforçou sua determinação.

"É hora de ir buscá-la. E eu não estou de brincadeira," ele disse.

"Eu vou com você," disse Meredith.

"Não, você não vai, Meredith. Seria perigoso demais. Preciso de você aqui, assim eu sei que estará em segurança."

"Ela é minha filha, Nicholas."

"E vai ser minha filha também. Por favor, deixe-me fazer o meu trabalho sem precisar me preocupar com você."

Ela olhou dentro dos olhos dele e assentiu com a cabeça. "Está bem. Traga-a para mim."

Virou-se para Madeline. "Você, entretanto, vai comigo. Sua missão é permanecer invisível e vigiar a Karen. A primeira chance que tiver de transportá-la, o faça, e não se preocupe comigo. Você entendeu?"

"Sim, Papai."

Nicholas pegou o telefone que estava sobre a mesa e ligou para o celular de Marcus.

"Marcus Moore."

"É Nicky. Temos que ser rápidos. Eu sei onde Karen Richardson está, e eu sei quem são dois dos sequestradores."

"Fale comigo. Estou indo para o carro agora."

"Karen está no pátio ferroviário. O líder dos sequestradores é o Detetive George Parker. Ele tem um grupo de quatro outros policiais com ele. Um deles é o Patrulheiro Jason Martin. Eu acho que estão prontos para embarcá-la."

"Onde você está, Nicky?"

"No meu escritório."

"Chegarei dentro de cinco minutos, Nicky."

"Vou esperar."

Desligou o telefone. "Você ouviu o que eu disse a ele, certo?" ele perguntou a Meredith.

Ela assentiu.

"Se por qualquer razão eu não voltar, você entra em contato com o Chefe de Policia e diga-lhe os dois nomes e o que fizeram. Madeline terá a chance de trazer Karen até aqui, e depois que ela fizer isso, você cuida das duas meninas. Tenho certeza de que Marcus está relatando o que eu disse ao FBI." Ele sacou a arma, verificou se estava carregada e colocou mais munição dentro do bolso da calça. Colocou a arma dentro do estojo na cintura e olhou para Madeline.

"Quando você me transformou, conversamos telepaticamente," ele disse a ela. *Consegue ler a minha mente?* ele pensou com firmeza.

Ela balançou a cabeça e disse, "Sim, Papai, eu consigo ler a sua mente."

"Ótimo. Então, fique alerta- pode ser a única maneira de te contar sobre o plano. Vamos para fora e esperar por Marcus." Ele inclinou-se e beijou Meredith. "Eu te amo, minha deusa."

"Eu também te amo, Nicholas Turner."

"A chave extra da porta do escritório está na gaveta do meio da mesa. Não saia até que Madeline volte com a Karen. Quando sair, siga direto para o FBI e espere que nos comuniquemos. Maddy-gato, fique invisível e vamos."

Madeline desaparecia enquanto Nicholas saiu pela porta e a trancou atrás dele.

Chegou lá fora bem na hora em que Marcus estacionava o carro.

"Vamos, Marcus. Não acho que temos muito tempo."

Marcus partiu em alta velocidade em direção ao pátio ferroviário. "Como conseguiu essa informação? O Snickers chegou a te falar alguma coisa?"

"Vou te explicar mais tarde, Marcus. Agora, digamos que eu consegui informação privilegiada. Você reportou ao Escritório?"

"O local estará repleto de agentes em cerca de quarenta e cinco minutos."

Estão colocando ela dentro de um container agora, Papai, Nicholas ouviu dentro de sua mente.

"Não temos quarenta e cinco minutos."

Marcus olhou para o amigo. "E como diabos você sabe disso?"

"Marcus, eu só... olhe, estamos a dois minutos de lá. Não tenho tempo de te contar, mas vou te Contar e Mostrar tudo quando isso terminar. Prometo. Apenas confie em mim agora, tá?"

"Sempre confiei, Nicky."

"E caso você veja algo... incomum... enquanto isso, tente ignorar firmemente. Tudo isso faz parte da explicação."

Marcus fitou o amigo com um olhar esquisito e continuou a dirigir.

Eles fecharam o container, Madeline? Nicholas pensou.

Não. Fala para o Marcus continuar dirigindo, Papai. Vou levar vocês até eles.

Entendido, garotinha.

Estavam no portão de entrada do pátio ferroviário. Uma cerca de arame e um portão de segurança com uma pequena guarita fechavam o pátio. Havia vagões ferroviários estacionados nas laterais, aguardando para que fossem designados aos trens que os levariam até seus destinos. Os contêineres eram amontoados em fileiras com cerca de um metro de altura por todo o pátio e muitos eram colocados sobre um guindaste enorme que os erguia de dezoito caminhões que por sua vez traziam os contêineres para dentro, carregados e prontos para serem colocados num vagão para transporte. Os contêineres vazios que fossem erguidos e colocados de volta sobre os caminhões também eram espalhados ao redor do guindaste. Havia grandes corredores com cerca de quatro pés de largura entre as pilhas de contêineres para permitir acesso às empilhadeiras e outros equipamentos. Duas viaturas policiais e um carro de polícia sem identificação estavam estacionados perto do portão.

"Tem viaturas policiais, Nicky."

"Eu estou vendo. Escute, não pare. Vou dizer para aonde deve ir."

"*O que*, você tem um GPS policial interno ou o algo parecido?"

"Algo parecido," Nicholas respondeu com um sorrisinho.

Vire à direita na primeira fileira de contêineres.

"Vire à direita na primeira fileira de contêineres."

Marcus jogou o carro para a direita.

Vire à esquerda depois do guindaste.

"Vire à esquerda passando o guindaste."

O carro desviou para a esquerda.

Doze fileiras para cima e vire à direita de novo. Eles estão a cinco fileiras para cima depois que virar.

"Doze fileiras para cima, vire à direita. Estarão a cinco fileiras depois disso."

Tem só três policiais perto do container. Não sei onde Parker e Martin estão, Papai. Estou perto da Karen.

Tenha cuidado, filhinha, Nicholas pensou.

"Marcus, há três policiais perto do container, com a garotinha. Parker e Martin não estão à vista. Quando chegarmos até eles, pegaremos os três policiais. Em seguida, vou tentar encontrar o Parker. Não se preocupe com a Karen. Eu já tenho um plano para mantê-la em segurança."

Marcus fez a última curva, indo o mais rápido que podia, controlando o carro. Os três policiais se encontravam em frente ao container que estava aberto quando o carro foi para cima deles, bocas abertas de surpresa "O"s. Marcus pisou nos freios e ambos Nicholas e ele saltaram para fora do carro, com as armas nas mãos, usando as portas como escudo.

"FBI! PARADOS!" gritou Marcus. "MÃOS PARA CIMA! AGORA!"

Apanhados desprevenidos, os dois policiais ergueram as mãos acima da cabeça. O terceiro policial sacou a arma. Marcus atirou pouco acima do olho esquerdo e o homem caiu feito uma pedra.

"NO CHÃO, IDIOTAS! AGORA!"

Os dois outros policiais cuidadosamente deitaram-se no chão com os rostos para baixo. Nicholas e Marcus se aproximaram lentamente dos dois, apanharam suas armas e os algemaram usando a própria algema deles.

"Nicky, aquele tiro deve ter alertado os outros dois, então tome cuidado. Isso aqui parece um labirinto."

Nicholas concordou, em seguida foi para perto da porta do container. Karen Richardson estava deitada numa cama aparafusada à lateral do container. Os punhos dela estavam acorrentados acima da cabeça e os tornozelos acorrentados ao chão. Havia fita adesiva sobre a sua boca e ela estava chorando.

"Karen?" disse Nicholas.

A garotinha assentiu com a cabeça.

"Sou Nicholas."

Os olhos dela se arregalaram.

"Madeline vai levar você até Meredith. Você confia nela?"

Ela disse sim com a cabeça.

"Boa menina. Quando eu voltar, vou querer um abraço apertado, certo?"
Ela concordou novamente.

"Madeline!" chamou Nicholas.

Madeline apareceu parada ao lado de Karen.

"Oi, Papai!"

"Oi, querida," ele disse. "Está na hora de tirá-la daqui."

"Quem é?" perguntou Marcus por trás de Nicholas.

"Merda, Marcus, você me assustou!"

"Não fale mal, papai."

"Papai?" disse Marcus.

Nicholas balançou a cabeça, resignado. "Não era dessa forma que eu queria te mostrar, Marcus, mas... lembra-se da garotinha que eu vi no meu escritório? Marcus conheça a sua afilhada. Esta é Madeline."

Marcus virou-se para olhar para Madeline, surpreso. "Madeline? Você tem uma filha e nem me disse, parceiro?" Ele olhou Madeline mais de perto. A ficha começou a cair. "Meu Deus, Nicky, ela se parece muito com a Jane... mas como... o que..."

"Você vai ver outra coisa, também. Madeline, leve Karen para Meredith agora. Eu vou caçar. Marcus, nós vamos responder a todas as suas perguntas mais tarde." Nicholas saiu do container.

Atrás dele, ouviu Marcus dizendo, "De onde está vindo aquele brilho?" Ele sorriu.

Caminhando até os dois policiais algemados, Nicholas disse, "Eu suponho que os dois cavalheiros não me diriam onde estão Parker e Martin, diriam?"

"Vai se foder, Turner," disse um deles.

"Pode chupar meu pinto, imbecil," disse o outro.

Nicholas assentiu. "Beleza. Porém deixem-me ressaltar algumas coisas. Vocês estão algemados e vão para a cadeia por sequestro, no mínimo. Prisão *Federal*, senhores. O amigo de vocês aqui," ele disse apontando para o policial morto, "ele não vai a lugar algum, exceto, quem sabe para o Inferno. Se eu fosse vocês, com certeza não gostaria de ir sozinho para a prisão. Se vocês chegarem a ir para a prisão, claro. Olha só, você estão aqui presos a céu aberto." Ele mostrou o lugar com os braços. "Em algum lugar daqui, existem dois caras os quais vocês conhecem, e que sabem que irão testemunhar contra eles e os dois estão armados...*e sabem que nós estamos com vocês*. Temos ainda alguns minutos antes que o FBI levem vocês." Nicholas fez uma pausa. "Seu amigo pode não ser o único a ir para o Inferno." Ele começou a se distanciar dos dois homens. "Boa sorte, senhores."

"Espere um pouco, Turner," disse o primeiro policial.

"CALA A BOCA, idiota!" disse o segundo.

"Você quer ficar aqui e deixar aquele porra do Parker te pegar? Eu não," disse o primeiro. "Turner, me coloque num local seguro e eu te digo para aonde eles foram."

"Na... não. Você me diz antes, e depois eu te levo."

"Eles estavam indo ligar para o cara que contratou a gente, e depois iriam ao escritório da ferrovia para arrumar transporte para o container."

"Quem contratou vocês?"

"Eu não sei. Parker nunca contou. Acho que ficou com medo de que tentaríamos assumir ou algo parecido. Agora, nos tire daqui, diabos!"

Nicholas puxou o primeiro policial para que ficasse em pé, e depois o segundo. Enquanto caminhava em direção ao container aberto, houve um som de tiro, e o segundo policial cambaleou, mas manteve-se em pé. Todos eles começaram a correr. Outro tiro, porém atingiu o chão atrás deles. Chegaram à segurança do container e o policial que havia levado o tiro caiu ao chão. Ele levara um tiro na coxa, e estava sangrando.

Marcus sacou a arma. Nicholas rasgou uma faixa de tecido das calças do primeiro policial e enrolou ao redor do ferimento do segundo policial.

"De onde vieram os tiros?" perguntou Marcus.

"Não sei. Eu estava muito ocupado com eles para perceber."

"Parker ou Martin? Ou ambos?"

"Provavelmente o Martin. Parker muito provavelmente está se fazendo de difícil."

"Um de nós precisa ir atrás de Martin, Nicky."

"Eu sei. Terá que ser eu. Você é o policial que prenderá esses dois."

"Você tem consciência de que terá de dar sérias explicações sobre o que ocorreu hoje aqui, não tem?"

"Ah, sim."

"Então volte inteiro. Vá. Vou tentar te dar cobertura, se necessário."

Nicholas respirou fundo e saiu do container.

Madeline e Karen surgiram diretamente em frente de Meredith. Karen ainda estava com a fita adesiva sobre a boca, porém seus olhos estavam arregalados de espanto. Meredith gritou de alegria e correu para abraçar as garotas, porém atravessou o corpo delas.

"Espera, Meredith," disse Madeline. Ela fechou os olhos, fazendo-se 'real' e Karen também.

Meredith trouxe as duas meninas para seus braços. Começou a beijá-las alternadamente, falando com elas o tempo todo.

"Karen" *smack* "Madeline" *smack* "Eu estava tão" *smack* "preocupada!" *smack* "Vocês duas" *smack* "estão seguras agora!" *smack* "Vocês estão" *smack* "machucadas"? *smack*.

Madeline dava risadinhas. "Meredith, você está nos fazendo cócegas!" Ela continuava a rir. "A gente devia tirar logo a fita da boca da Karen. Ela tem muita coisa para te contar."

Meredith olhou atentamente para a Karen. "Oh, querida, me desculpe!" Karen revirou os olhos. "Aqui, vamos tentar tirar isso." Ela começou a retirar a fita gradualmente da boca de Karen. E então, rapidamente, puxou tudo de uma vez.

"Owww, Mãe"! "Isso dói." disse Karen.

"Oh meu amor, sinto muito!" Meredith respondeu.

"Mãe! Você tinha que ver o que a Madeline me mostrou1" disse Karen. "É tão bonito, Mãe, e tão, tão cheio de paz!"

Meredith olhou para Karen, perplexa.

Madeline cutucou a Karen. "Ela não quer saber disso ainda, *hellooo*! Ela quer saber o que aconteceu com aqueles dois homens malvados."

"Ah, tá. Desculpa, Mãe" disse Karen. "Eu estava indo a pé da casa de Amanda para casa, e um carro de policia parou ao meu lado. Ele parou e dois policiais saíram. Me perguntaram para aonde eu estava indo e eu disse, 'para casa,' e então um deles me agarrou e me jogou no porta-malas. Dirigiram e dirigiram. Quando pararam, estávamos numa casa. Me levaram para dentro e me trancaram num quarto do porão. E então, chegou outro homem. Disse que era policial, mas não estava usando uniforme. Estava usando terno. Me chamou de investimento de aposentadoria , sei lá o que é isso. Um dos outros policiais o chamou de Parker," Meredith engasgou com aquilo," E Parker disse que eu sairia logo daquele lugar. E depois, a Madeline começou a vir e conversar comigo. Ela falou que tudo ficaria bem, que o pai dela estava procurando por mim, disse também que você estava muito preocupada, e que você e o pai dela estavam apaixonados um pelo outro, e falou que ele me salvaria e ia garantir que esses policiais ruins fossem punidos. E então, hoje eles me levaram para um lugar com muitos vagões de trem e o pai de Madeline deteve os policiais que estavam lá e eu encontrei um homem do FBI muito legal. E depois disso, a Madeline me transformou num fantasma e me trouxe para cá." Ela fez uma pausa. "Onde nós estamos?".

"Estamos no escritório do meu pai. E eu não te transformei num *fantasma*," disse Madeline.

"Ah tá."

"Era essência de alma."

"O que é isso?"

"Meninas, guardem as brigas para mais tarde, certo?" Meredith deu um forte abraço em Karen novamente. Em seguida, se virou para Madeline e a abraçou apertado. "Obrigada," ela sussurrou no ouvido de Madeline.

Madeline correspondendo ao abraço e sussurrou no ouvido de Meredith. "De nada." E então, beijou a bochecha dela. "Eu te amo."

"Eu também te amo, anjinho," Meredith respondeu. "Onde está o seu pai? Ele está vindo para cá?"

"Ele só deteve três dos policiais ruins. Parker e Martin ainda estavam soltos quando eu e Karen saímos."

O coração de Meredith acelerou-se com a notícia. Deve ter transparecido no seu rosto, pois a Karen, tentando fazer com que a mãe não se preocupasse, 'disse, "Mãe, a Madeline me contou que você e o Papai irão se casar e que ele também seria meu pai, e ela minha irmã. E disse que todos nós seríamos felizes juntos."

"Ela está certa, querida," disse Meredith. "Eu não entendo como eu posso saber que quero passar o resto de minha vida com ele, mas eu quero. E sei que ele amará a mim e a você. E Madeline, também."

Madeline estava inquieta. "Meredith, você não vai gostar disso."

"Do que, querida?"

"Eu vou voltar. Papai vai precisar de minha ajuda de novo."

Meredith nervosa, disse à Madeline que não deveria fazer aquilo, porém, em seguida, emudeceu. Ela teve uma ideia. Nicholas poderia ficar zangado, entretanto, ela tinha as próprias contas para acertar com Parker. O homem esteve na *casa* dela, fingindo que estava à procura da filha quando na verdade, ele havia sido o responsável por todo o seu desespero e preocupação. Como ele ousou colocar a família dela em perigo? Como ousou vender a filha dela para ser escrava sexual, ou talvez para coisa pior? Oh, ela tinha contas para acertar, isso mesmo!

"Madeline, todas vamos. Transforme-nos."

Quando Nicholas saiu do container, seguiu para a esquerda. A menos que Martin estivesse em um local alto, ele não conseguiria ver que Nicholas se encontrava entre as fileiras de contêineres. Caso o Martin não tivesse um rifle e estivesse utilizando um revolver, a sua mira também se tornaria limitada. As chances eram boas de que, se Nicholas tomasse cuidado, o policial desonesto teria que indicar sua posição à distância. Entretanto, ele ainda estaria por perto?

Nicholas tentou correr até o carro para ver se conseguia desenhar o trajeto de disparo de Martin. Quando iniciava, o som de dois tiros ecoou, atingindo o chão próximo aos pés dele. Assim que conseguiu se proteger em local seguro do carro, de relance enxergou uma manga do uniforme azul por trás de um container, a duas fileiras atrás dele, à esquerda, pelo mesmo caminho que percorrera para chegar até ali. Recostou-se no capô e mirou com cuidado.

"Martin!" Nicholas gritou. "Desista, cara, você perdeu!"

Martin não respondeu. Nicholas mantinha a mira firme, em seguida atirou na manga. Moveu-se rapidamente para trás do container.

"Merda!" ele disse ofegante. E então, falou, "Desculpe, Madeline." Nicholas sabia que havia acertado o braço de Martin apenas de raspão, mas pelo menos, ele saberia que poderia morrer ou ferir-se tão facilmente como quando atirou no outro policial. Rapidamente, Nicholas correu em direção ao container onde Martin estava se escondendo, e encostou-se bem contra a lateral.

"Martin! O FBI está a caminho nesse exato momento! Se você se entregar agora e contar tudo a respeito de Parker, tudo se tornará mais fácil para você!"

Nicholas ouviu um barulho que vinha detrás dele. Martin havia escapado ao redor do container! Nicholas virou-se, atirando ao mesmo tempo em que Martin atirava. O disparo de Martin não atingiu a cabeça de Nicholas por um triz, e ricocheteou no container com raiva. O tiro de Nicholas atingira o braço esquerdo de Martin. Martin correu ao longo do container, desaparecendo na esquina. Nicholas atirou no homem enquanto o mesmo corria, mas o disparo foi tão rápido que acabou errando a mira. Mas o primeiro tiro havia ferido Martin, e estava sangrando, deixando um rastro de sangue que Nicholas podia seguir. O problema era que Martin sabia que estava deixando um rastro, e saberia que Nicholas viria atrás dele.

Sem outra opção, Nicholas começou a seguir a sua presa.

Marcus havia registrado o ocorrido, deixando o Bureau ciente de que haviam ocorrido tiros, e de que havia feridos no local. Também pediu para que tivessem cuidado, pois Nicholas estava atrás dos outros policiais corruptos. O Bureau manteria em sigilo devido à natureza sensível de envolvimento dos policiais desonestos. Ele odiou a ideia de ter que permanecer no container vigiando os dois policiais, enquanto seu parceiro corria perigo sozinho. Deu uma olhada nos dois. Felizmente, eles exercitavam o direito deles de permanecer em silencio. Marcus tinha muito que pensar.

Nicholas havia apresentado a garotinha como a afilhada de Marcus, e a chamou de Madeline. A semelhança com Jane era espantosa. Chegou à conclusão de que ela só poderia ser quem Nicholas disse que era. Mas como isso era possível? Madeline havia morrido quando era um feto. Então, conforme ele havia visto, ela brilhou com uma luz cintilante, tocou a filha de Richardson, brilhou mais uma vez e as duas garotas desapareceram. As correntes que prendiam Karen caíram no chão como se houvessem *atravessado* a menina.

Marcus nunca se casara, devido ao seu trabalho no Bureau que lhe mantinha a esperança entre ajudar Nicky com os casos, e permanecer no comando de empresas de segurança particular que havia contratado para missões do governo, como Joey Justice da Justice Security. O trabalho era a sua vida, e havia ficado muito abalado com a morte de Jane e do bebê. Ele queria muito se tornar padrinho da menina.

Havia uma fonte em um dos parques da cidade. Marcus a chamava, particularmente, como a "fonte dos desejos". Havia jogado varias moedas na fonte nos últimos dez anos, desejando paz e felicidade ao amigo. Será que os seus desejos, finalmente, haviam se tornado realidade?

E, se sim, tomaram a forma de um fantasma?

George Parker estava voltando para o carro o qual havia deixado no estacionamento do pátio ferroviário. Sabia que em breve, o local estaria repleto de agentes do FBI, todos eles tentando caçá-lo. Xingava Nicholas Turner enquanto ofegava. Como aquele filho da mãe sabia onde encontrá-lo? Ninguém sabia que a transferência ocorreria hoje, e ninguém sabia que era ele que estava por trás do sequestro dos Richardson.

Esse era o quarto sequestro que supervisionava. Quando entraram em contato para saber se ele estaria interessado em arrumar entretenimento para um bando de ricaços e arruaceiros, o dinheiro lhe pareceu excepcional. Quando incluído ao dinheiro que havia confiscado, recolhido e extorquido durante seus anos como policial, uns dois sequestros como aqueles lhe colocaria acima do seu objetivo monetário, e então poderia sumir na America do Sul e viver o resto da vida na Rua da Paz. A garota Richardson deveria ser o ultimo sequestro.

Não se importava com o que ocorria com aqueles os quais sequestrava. Como policial, havia muito tempo aprendido a separar as coisas, as emoções e não pensava sobre eles depois de realizado o trabalho. Até esse sequestro, sempre encontrava um idiota que executasse o trabalho e o pagava com o próprio dinheiro. Dessa vez, usaria aquele imbecil de Ricky Logan, porém o mesmo desistiu no ultimo minuto. Mas tudo bem até ai. O homem, o qual contratara para dar fim em Logan e Turner, havia dado jeito em Logan. Entretanto, ele errou o Turner... e acabou sendo morto. Que pena! Porém ele havia evitado que Parker aparecesse e tivesse que limpar toda a bagunça.

Depois, aquele idiota do Martin, que atirou contra a casa da mulher do Richardson, tentando matá-la. Em vez de abrandar as coisas, ele piorou tudo... e quase queimou o traseiro! Mas, tudo bem. Seu dinheiro estava além-mar e tinha um passaporte e identidade falsos, estava pronto para partir. Só partiria um pouco mais cedo do que o esperado. O Brasil o chamava!

Fez a última curva e seguiu para o carro. Uma garotinha estava em pé próxima ao carro! Seria a menina dos Richardson? Não, a menina tinha cabelos castanhos. Tinha mais ou menos a mesma idade, entretanto.

"Ei garota!" ele gritou. "Saia daí!"

A garotinha não se mexeu. Olhava para ele atentamente, com as mãos na cintura. Conforme ele se aproximava, percebeu que ela estava com o semblante zangado. Uma brisa soprou no rosto dele.

"Onde estão seus pais, menina?" Não havia ninguém à vista. Ele estava a uns 600 metros dela.

Ela não respondeu. Em seguida, ocorreu-lhe um pensamento. O pedido se tratava de uma garotinha com até dez anos e que tivesse cabelos loiros. Esta tinha cabelos escuros, porém aparentava a mesma idade. Por que não capturá-la também? Poderia agarrá-la, jogá-la no porta-malas, fazer um telefonema e abandoná-la a caminho do exterior, nada mais sábio. Estava começando a ventar!

"Ei, garotinha. Sou policial e você deveria responder às minhas perguntas," ele disse conforme diminuía a distância entre eles. Ele olhou para o rosto dela... se o olhar pudesse matar! Ele estava enlouquecido! Maldito vento!

"Venha cá, você," ele disse alcançando o braço dela. A mão dele atravessou a menina. Olhou para a mão como se ela fosse a responsável pelo erro, e então olhou para o rosto da garotinha. A expressão de surpresa no rosto dele pareceria cômica se ocorresse com outra pessoa.

A fúria nos olhos dela lhe gelou a espinha. "Detetive Parker, você é um homem demoníaco. Você matou pessoas, colocou-as em terrível dor, sequestrou minha meia-irmã, tentou matar a minha madrasta e também o meu pai," ela disse em tom baixo. "Eu sou o que se pode chamar de anjo, Detetive Parker. Mas, *essa é a minha família!*". Ela disse em voz alta. "EU TENHO permissão para me vingar." E então, a voz da menina parecia vir de todos os lados e de uma só vez. "VOCÊ JÁ VIU UM ANJO VINGADOR?"

Nicholas continuava a procurar por Martin com o auxílio do rastro de sangue. Tinha de se mover lentamente caso Martin estivesse esperando para emboscá-lo. O caminho que percorria era sinuoso, cheio de voltas fazendo com que ele se perdesse. Começou a achar que Martin possuía uma fonte inesgotável de sangue quando foi reconhecendo alguns dos corredores pelos quais já havia passado. Martin estava andando em círculos e agora seguia em direção a Marcus e aos dois policiais! Quando se deu conta disso, Nicholas começou a correr, seguindo o rastro de sangue.

Ele deu a volta em uma fileira com contêineres de quarenta pés e avistou Martin no final do corredor. Martin cambaleava um pouco. O braço esquerdo dele estava coberto de sangue. A mão direita segurava uma arma, e aparentemente não sabia que Nicholas estava atrás dele. Além de Martin, Nicholas conseguia ver o Marcus em pé bem na porta do container aberto. Marcus parecia distraído e não viu Nicholas nem Martin.

Nicholas rastejou-se lentamente ao longo do container até ficar a alguns metros atrás de Martin. Mirou cuidadosamente.

"Largue a arma, Martin," ele disse normalmente. "Acabou para você."

Martin pareceu não ter escutado.

"Não quero atirar em você. Largue a arma."

Martin parou de cambalear e começou a levantar a arma, apontando a arma para Marcus.

Nicholas atirou, acertando a cabeça de Martin.

Marcus virou-se em direção ao som do tiro e apontou sua arma. Quando viu Martin caído e Nicholas em pé atrás dele, ele apontou a arma para cima e correu até eles.

"Parece que você salvou meu traseiro, Nicky."

"Sim," Nicholas disse. "Eu pedi a ele para que largasse a arma, disse que eu não queria atirar nele. Porem, ele apontou para você. Não tive escolha."

"Nicky. Está tudo bem, cara."

Nicholas assentiu. "Eu sei."

Os dois escutaram uma voz trovejante dizendo, "VOCÊ JÁ VIU UM ANJO VINGADOR?"

Marcus disse "Que diabos foi isso?".

"Minha filha," disse Nicholas já correndo para o estacionamento.

Faíscas de pura energia branca se soltavam do corpo de Madeline como se o corpo dela não fosse grande o suficiente para suportá-lo. Pareciam fogos de artifício à medida que saiam, caindo lentamente, evaporando-se antes de tocar o chão. Os olhos dela brilhavam um azul claro intenso à medida que crescia sua ira.

A voz baixou novamente, ela disse a Parker, "A bíblia diz" A vingança é minha, diz o Senhor, ' "Sr. Parker, mas quem você acha que distribui vingança?" Ela levantou o braço com a palma da mão apontada para o pé dele. Um raio branco como um tiro de energia saiu de sua mão e atingiu o pé de Parker.

A dor era indescritível. Parker sentiu como se os ossos estivessem em chamas, porém não havia ferimentos visíveis. Aterrorizado, deu um passo para trás. Madeline o seguiu.

Ela caminhava em direção dele, pontuando cada frase que dizia com um raio de energia branco. À medida que andava, o seu eu 'anjo' aparecia mais e mais. "Às vezes, quando uma pessoa é muito má," *FZZT* atingiam as pernas dele. Ele deu outro passo para trás. Ela seguiu, e foi surgindo uma luz branca brilhante. "nós mesmos podemos nos vingar." *FZZT* no estomago. Ele se contorceu e recuou mais dois passos. Madeline continuou seguindo-o, e nesse momento ela já estava totalmente transformada. O poder dela, em forma de cascata, foi se transformando em 'asas' novamente, e o brilho quase cegava. "Mas, quando se trata de minha família," *FZZZZZZTT*! Sobre o estomago dele mais uma vez. Ele se contorceu novamente e notou um par de pés do seu lado direito. Olhou para cima. Era Meredith. "Eu mesma me vingarei!" *FZZZZZZTT*! Dessa vez, o raio passou por todo o corpo de Parker e a dor tornara-se insuportável. A luz branca do raio de energia mergulhou no seu corpo emitindo um assobio, escaldando-lhe a alma. Ele gritou e tentou agarrar Meredith, na esperança de obter algum alívio.

"AGORA, Madeline!" gritou Meredith. Madeline bruscamente jogou um raio de energia branco sobre a Meredith, sem tirar os olhos de Parker, banhando-a em uma luz branca. Quando a luz se apagou, Meredith se tornou 'real' novamente.

"A vingança é minha, diz a Mãe," ela disse e nocauteou Parker com um gancho de esquerda na mandíbula.[i]

Nicholas apareceu no estacionamento bem no momento em que Madeline se transformara no seu eu 'anjo'. Mal percebeu a sua beleza, pois estava espantado com os poderes da menina. O corpo de George Parker parecia ter sido perfurado com agulhas, devido aos raios de puro branco que o atingiram, ele se encolhia como se tivesse sido alvo de um bastão de beisebol. Nicholas então observou Meredith desvanecendo, e lá estava ela ao lado de Parker. Quando a Madeline usou as palmas da mão para atingir o Parker com o imenso raio branco, Parker dançava como se estivesse ligado à energia elétrica. Nicholas ouviu Meredith gritar e viu quando a filha atirou um raio de energia sobre ela. Viu quando a Meredith nocauteou Parker com o gancho de esquerda mais impressionante que ele já vira. Quando Parker caiu no chão, Nicholas lentamente caminhou em direção à família, boquiaberto.

"Feche a boca, Nicholas," disse Meredith. "Está parecendo um Babuíno assustado."

Madeline, que havia voltado ao seu eu normal, riu. "Sim, Papai. Parece mesmo um Babuíno assustado... e que está tentando usar o banheiro!" Deu risada mais uma vez. Meredith riu, também.

Ele olhou para Meredith e apontou para Parker. "Como você..." ele iniciou.

Meredith sorriu, balançando a mão esquerda. "A Madeline o deixou molenga, e eu terminei com ele. Três anos de aulas de boxe em Yale, Nicholas."

Karen desvaneceu-se do lado direito de Nicholas, segurando um bastão de beisebol. "Isso mesmo, e eu deveria ter sido o rebatedor," ela disse seriamente, depois dando risada. "Mas parece que o Parker bateu para fora!"

Nicholas ficou olhando para as três mulheres, as mais importantes de sua vida, e balançou a cabeça. "Uau. Espero nunca deixá-las com raiva."

Sirenes soavam à distância. Nicholas olhou para a estrada. "A cavalaria está chegando. Madeline! faça com que a Karen retorne e *desapareça*!"

Capitulo 9

O FBI interditou o pátio ferroviário e assumiu o controle do escritório. Todos contaram suas historias várias vezes e todos omitiram qualquer referencia à Madeline.

Com uma exceção.

Parker cantava feito um passarinho a todos que quisessem ouvir a respeito de um 'anjo' que havia chutado seu traseiro para que a vaca dos Richardson o atingisse com algo ainda maior. Um dos agentes que ouvira a historia puxou Marcus para um canto e disse, "É bastante obvio que ele está se preparando para uma defesa por insanidade. Não acredito que funcione".

A única coisa que Parker não cantaria era a identidade da pessoa que o contratara. Toda vez que era indagado sobre o fato, ele mostrava um semblante assustado. "Minha vida não valeria um tostão se eu te contasse isso. Essas pessoas são poderosas e têm dinheiro a rodo. Posso ser muitas coisas, mas não estou pronto para morrer."

Os agentes que entrevistaram Nicholas o pressionaram muito para que contasse onde ele havia conseguido as informações sobre o desaparecimento de Karen, entretanto, mas ele disse-lhes que não desistiria de seu informante, em hipótese nenhuma. Nem agora, nem em tribunal. Disse também que o informante não tinha nada que ver com o sequestro, e, se fosse pressionado, diria que havia deduzido pela informação passada por Logan e pelo comportamento torto de Parker, e que não existia informante algum. Um dos agentes que conversava com Nicholas ameaçou prendê-lo se não dissesse a verdade. Nicholas perdeu a cabeça.

"PRENDA-ME?" ele disse. "Você ainda quer me prender depois de eu ter resolvido o sequestro, pego os sequestradores e resgatado outra criança? Claro, faça isso. AGORA. E eu te garanto que o meu telefonema não será para o meu advogado, mas sim para a imprensa. Ficarão todos NA COLA do seu traseiro, seu idiota exibido! Eu quero ver o seu supervisor imediatamente!"

Nicholas acabou vendo o Diretor Assistente mais tarde, e lhe contou o que o agente havia dito a ele, e o que ele disse ao agente. O D.A pediu desculpas a Nicholas, em seguida foi falar com o agente que havia feito ameaças a Nicholas. Embora o bunda mole estivesse escondido atrás de portas fechadas, Nicholas conseguia escutar tudo através do escritório do pátio.

"Deixe-me dizer-lhe uma coisa, seu chorão, traidor, alpinista de escada! Se você quer ter um futuro nessa organização, NUNCA mais ameace aquele homem! Ele solucionou mais raptos de crianças para este Bureau do que meus próprios malditos agentes! Nicholas Turner, Meredith Richardson,e Marcus Moore deveriam ganhar uma porra de medalha agora! Se você tirasse a cabeça de dentro da bunda e trabalhasse mais nos seus casos tão bem como ameaça civis, talvez VOCÊ conseguisse solucionar um caso ou dois!"

Varias das pessoas que estavam no escritório do pátio deram risada. Nicholas conseguia enxergar Marcus do outro lado da sala. O rosto dele estava vermelho- beterraba e tentava conter-se para não cair na gargalhada. Nicholas sorriu para o amigo e fez sinal de positivo com a mão.

Finalmente, depois de concluídas as entrevistas, todos puderem ir embora. Alguém havia recuperado o carro de Marcus que estava estacionado nas fileiras de contêineres. Todos entraram no carro, e Marcus saiu dirigindo.

Meredith e Karen estavam no banco de trás, aconchegadas perto uma da outra. À medida que Marcus dirigia para fora do pátio, Madeline foi surgindo ao lado de Karen.

"Oi, pequenina," disse Marcus, assim que a viu através do retrovisor. "Eu ouvi dizer que você encheu alguém de porrada."

"Não fale palavras feias, Marcus," disse Madeline.

Nicholas caiu na gargalhada quando viu a expressão no rosto do amigo. "Eu tenho lidado com isso desde quando ela apareceu, parceiro. Acho que você deveria fazer o mesmo." Nicholas, então, contou tudo sobre Madeline, desde a primeira aparição até quando ela surgira em frente ao McFeely's para que Nicholas salvasse o Snickers, sobre o encontro deles no escritório, os sonhos com Jane, até chegar ao que aconteceu naquele dia. Não deixou escapar nenhum detalhe. Nicholas virou-se no banco de maneira que pudesse ver todos no carro.

Marcus disse, "Uau. Então, depois de dez anos, eu finalmente consegui me tornar padrinho." Ele assentiu com a cabeça. "E não posso contar a ninguém. Isso é chato, Nicky. Isso é muito chato."

Nicholas riu baixo. "Você pode contar para uma pessoa, Marcus. Para a minha irmã. Melissa não sabe ainda."

"A megera? De jeito nenhum eu..." ele viu Madeline no espelho. "Não vai acontecer," ele se corrigiu. "Nicky, eu tenho uma pergunta, e vou fazê-la agora, uma vez que a Meredith já viu todo o resto. Você parou com a bebida?"

Nicholas fitou cada uma das quatro pessoas que estavam no carro...ou melhor, três pessoas e um anjo. Marcus pareceu preocupado, Meredith mexeu a cabeça com leve sorriso no rosto, Karen sorriu, piscando o olho e Madeline fez com que a mão dela ficasse iluminada como se fosse um aviso. A vida de Nicholas ganhara sentido novamente, e não havia mais motivos para tentar esquecê-la. Havia vencido seus demônios pessoais com a ajuda de um anjo, e ganhou a felicidade como recompensa.

"Sim, Marcus, Parei de beber," ele disse.

Nesse momento, estavam passando por um quarteirão de lojas.

Madeline começou a sorrir.

"Marcus, pare aqui, por favor?" disse Nicholas.

Marcus olhou para o amigo e assentiu. "Claro, Nicky." Ele encostou o carro num local inclinado. "O que foi?"

"Eu tenho que buscar uma coisa aqui," respondeu Nicholas. "Não vai levar nem um minuto." Saiu do carro e caminhou pela rua. Entrou em uma pequena joalheria que ficava entre uma loja de roupa masculina e uma loja de móveis.

"Por que ele está indo lá?" perguntou Marcus.

Meredith olhou para o sorriso de Madeline, e começou a sorrir também. "Eu acho que ele foi buscar algo para mim, Marcus."

Marcus olhou para ela no espelho, confuso. Só então, percebeu do que se tratava. "Ele sabe o seu tamanho de anel?"

Ela assentiu, e então apontou para a Madeline enquanto dizia, "Eu acho que ganhou uma ajudinha da Senhorita Sabe Tudo."

Madeline abriu um sorriso ainda maior, e então Karen começou a sorrir.

"Parece, Marcus, que essas duas conseguem se comunicar sem pronunciar uma palavra," disse Meredith.

"Você vai dizer sim?" ele indagou.

Meredith parecia perdida em seus pensamentos. Permaneceu em silencio por tanto tempo que as meninas começaram a preocupar-se. Quando Meredith percebera os olhares de preocupação, ela sorriu.

"Claro que vou. Não consigo imaginar a minha vida sem ele ou Madeline. Eu amo os dois, Marcus, e me importo muito com você, também."

Marcus virou-se no banco para olhar Meredith.

"Eu te disse que ele era um imã, não disse?"

Sobre o Autor: T. M. Bilderback é um ex-locutor de rádio com várias historias correndo dentro de sua cabeça, todas baseadas em canções clássicas. O autor atualmente reside em Tenessee e está escrevendo fervorosamente para retirar todas essas historias da cabeça e transformá-las em livros.

Outras obras de T. M. Bilderback.

Nicholas Turner
If You Could Read My Mind
Justice Security
Mama Told Me Not To Come
Someone Saved My Life Tonight
Jackie Blue
Wake Me Up Before You Go-Go
Saturday In The Park
MacArthur Park
The Little Drummer Boy
The Night Chicago Died
Jim Dandy
Cow Patty
Hell's Bells
Contos do Condado de Sárdis
Don't Come Around Here No More
Junior's Farm
The Devil's In The Details
I'm Your Boogie Man
Outras Estórias:
The Wreck Of The Edmund Fitzgerald
Gold
Hot Child In The City
The Lion Sleeps Tonight
Heart Of Glass
Eli's Coming
Empty Eyes
Greatest Hits

Don't miss out!

Visit the website below and you can sign up to receive emails whenever T. M. Bilderback publishes a new book. There's no charge and no obligation.

https://books2read.com/r/B-A-KAW-CSZX

BOOKS 2 READ

Connecting independent readers to independent writers.